野いちご文庫

もう一度、キミのとなりで。

青山そらら

STARTS
スターツ出版株式会社

もう一度、キミのとなりで。

contents

第一章

第二章

第三章

もう一度、キミのとなりで。
characters

Hotaru Kashiwagi

柏《かしわ》木《ぎ》 蛍《ほたる》

人見知りで口下手、内気な性格の高校1年生。中学のころ碧空と付き合っていたけれど、わけあって別れてしまう。

山《やま》下《した》 美《み》希《き》

Miki Yamashita

美人で明るいサッカー部のアイドルマネージャー。碧空のことが好きなようで…？

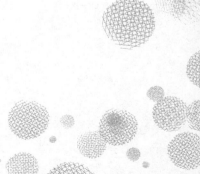

Sora Hiiragi

柊木《ひいらぎ》 碧空《そら》

優しくてまっすぐな性格の蛍の元カレ。人気者で女子にモテる。サッカー部所属。今でも、なぜか蛍のことをよく見ていて…？

太田《おおた》 加奈子《かなこ》

Kanako Ota

フレンドリーでサバサバした性格の蛍の親友。サッカー部の先輩に片想いしている。

矢吹《やぶき》 透《とおる》

Toru Yabuki

クールで無口な一匹狼。女子とはあまり話さないけれど、なにかと蛍に絡んでくる。

中学時代のトラウマが原因で、恋愛に臆病《おくびょう》になってしまった私。

高校ではもう恋はしないで、ただ平和にすごせればいいと思ってた。

だけど、ひょんなことから違うクラスの元カレと再《ふたた》び関わることに……。

久しぶりに話した彼はとてもやさしくて、あの頃とちっとも変わっていなかった。

その声も、仕草《しぐさ》も、笑顔も。

「危ないから俺につかまって」

「俺が、蛍と一緒に帰りたかっただけだよ」

「行くなよ。ずっと俺のそばにいて……」

別れたはずなのに、どうしてそんなにやさしくしてくれるの？

思わせぶりな態度をとったりするの？

ダメだよ。

やっぱり、ドキドキしちゃう……。

「俺は一度も忘れたことなんかない。今でも好きだよ」

終わってしまったはずの恋が、また動きだす。

元カレと、甘《あま》い初恋の続きを――。

第一章

時々目があう彼は

……あっ、見つけた。
そう思った瞬間《しゅんかん》、心臓《しんぞう》がドクンと飛び跳《は》ねた。
お昼休みの騒《さわ》がしい学食内、一瞬まわりの音が聞こえなくなったかのように感じる。
視線の先には、まぶしいほどにキラキラした笑顔を浮かべるひとりの男の子。
その姿を確認《かくにん》した瞬間、思わずうれしくなった。
彼をじっと観察《かんさつ》してしまう。
今日も元気そうだな。相変《あいか》わらずたくさんの友達に囲《かこ》まれて楽しそう。
またカレー食べてるんだ。変わらないなぁ……なんて。
だけど、同時に少し切《せつ》ない気持ちになる。
バカだなぁ、私。なんでまた無意識《むいしき》に彼のことを探してるの。
「蛍っ。ねぇ蛍、聞いてる？」
向かいの席に座《すわ》る友達の太田加奈子《おおたかなこ》ちゃんに声をかけられて、ハッとして我に返る。
「あっ。ごめんね。えっと……」

ヤバい。私ったらボーっとしてて、ぜんぜん聞いてなかった。せっかく加奈子ちゃんが話しかけてくれてたのに。

「もうっ、蛍ったら〜。まぁ、蛍のその天然《てんねん》っぽいところがかわいいんだけどさ」

「うぅ、ほんとにごめんね」

「ところでこのエビフライがさぁ、超サクサクでおいしいんだけど、蛍も食べてみない？」

「えっ、いいの？」

「うん。すっごくおいしいから食べてみて！　私のオススメだよっ」

加奈子ちゃんはそう言うと、自分の週替わりランチのプレートからエビフライを一本とって、私のオムライスの上にのせてくれる。

相変わらず太っ腹でやさしい彼女。私がボーっとよそ見をしていても、嫌《いや》な顔ひとつしない。

そんな彼女のやさしさに、私は今日も救《すく》われていた。

私、柏木《かしわぎ》蛍《ほたる》は高校一年生。

細くてふわふわの長い髪《かみ》は生まれつき茶色くて、一五四センチという低めの身長に、色白で細い体はよく「折れそうだね」って言われる。

ただでさえ小柄《こがら》なのに、声も気も小さいから、昔から人と話すのは苦手。

人見知りで内気な性格のせいもあって、いつもなかなかまわりと打ち解けることができなくて、中学まではずっと特定の仲良しな友達ができずに孤独《こどく》だった。

だけど、高校ではそうじゃない。こんなふうに仲良くしてくれる友達もできたし、毎日楽しく学校に通えている。

「蛍は痩《や》せすぎなんだから、こういうの食べてもっと太らなくちゃ！」

「え～っ、そうかな。どうもありがとう」

言われてさっそくエビフライをひとくち食べてみる。

そしたらそれは、加奈子ちゃんの言うとおり衣《ころも》がサクサクで、身もやわらかくて、本当においしかった。

「ほんとだ。おいしいっ！」

私が感激の声を漏《も》らすと、得意げに笑う彼女。

「ふふふ。だから言ったでしょー？」

加奈子ちゃんは高校に入って最初にできた友達で、唯一《ゆいいつ》気を許せる存在。

入学式の日にひとりぼっちでポツンとしていた私に声をかけてくれたの。ありがたいことに「友達になろうよ」って言ってくれて、それから二カ月たった今でも毎日のように一緒に過ごしている。

こげ茶色のセミロングヘアで、笑うとえくぼができる元気な子。フレンドリーでやさしい性格で、口下手《くちべた》な私にもすごく親切《しんせつ》にしてくれるんだ。

彼女と話していると、気持ちがとても明るくなる。

「ん？　ちょっと待って。あれは……。あーっ！　結城《ゆうき》先輩、発見っ！」

するとそこで、急に加奈子ちゃんが目を輝《かがや》かせながら、数メートル先の食器返却口付近《ふきん》に立つ男の人のことをパッと指差した。

彼はひとつ上の二年生の結城智弘《ともひろ》先輩。サッカー部のエースで、背が高くておとなっぽくて、カッコいい。

加奈子ちゃんは入学早々彼に一目惚《ひとめぼ》れしたらしく、それからずっと夢中《むちゅう》なんだって。

結城先輩はすごくイケメンだから、二年生のなかでもダントツでモテるらしく、いつも女子に囲まれていて話しかけるのも大変。それでも、加奈子ちゃんはそんな先輩を見ているだけで幸せみたい。

「あぁ、今日もカッコいい！　素敵《すてき》！　見れてよかったぁ～」

「ふふ、よかったね」

「うん！　いつもお昼休みは学食にいるんだよね」

結城先輩はいつもどおり、同じサッカー部の先輩たちと一緒にいる。

サッカー部はイケメンが多いことで有名で、ほかの先輩たちもみんな、キラキラしててまぶしい。

「こっちを見てくれないかなぁ。目があわないかなぁ」

なんて言いながら一生懸命先輩に向かって視線を送る加奈子ちゃんは、まさに恋する乙女って感じでかわいくて、微笑《ほほえ》ましいなと思ってしまう。

そんな加奈子ちゃんのためにも、結城先輩がこっちを向いたりしないかなぁなんて、心のなかで一緒に願っていた。

「あーん、ダメだ。なかなかこっちを向いてくれないよ〜。また誰かと話しはじめちゃったし……っていうか、あれ、一組の碧空《そら》くんじゃない⁉」

「えっ」

するとその時、加奈子ちゃんがある人物の名前をつぶやいたのを聞いて、また心臓がドクンと思いきり飛び跳ねた。

「やっぱりそうだ！　あのふたり結構仲いいんだよね〜。同じサッカー部だし」

そう言われて、おそるおそる先輩のとなりに目をやると、たしかにそこには先ほども見かけた、彼の姿がある。

いつの間にかカレーを食べ終えて、食器を片づけにきたみたい。

あぁ、また見つけちゃった……なんてドキドキしながらも、ついついじーっと見てしまう私。

彼は、一年一組の柊木《ひいらぎ》碧空くん。

すらっと背が高くて、体型《たいけい》は細身《ほそみ》で、サラサラのストレートヘアは染めていないけれど、もとから茶色っぽい。目はパッチリ二重で鼻筋《はなすじ》がすっと通っていて、唇《くちびる》もうすく、まるで女の子みたいにキレイな顔をしている。

あの結城先輩のとなりに並《なら》んでも引けをとらないくらいにカッコいい彼は、うちの学年でも知らない人はいないんじゃないかと思うほどに有名だった。

私と同じ中学校の出身で、二年生の時には同じクラスだったんだ。

それもあって昔から彼のことをよく知ってるんだけど、たぶん高校に入ってから、もっとカッコよくなったと思う。

碧空くんは中学時代からすごく人気者《にんきもの》で目立ってたし、高校でもすごくモテてるってウワサを聞く。

でも、今はクラスも違うし、もう話をすることもなくなっちゃったからな。

なんて、昔のことを思い出しながらちょっぴり切ない気持ちになっていたら、ふいに彼がこちらを向いたことに気がついた。

……あっ。

その瞬間バチッと目があう。

わあぁ、どうしよう。

急に体が熱くなって、ドクドクと鼓動《こどう》が速くなっていくのがわかる。

きっと偶然《ぐうぜん》だろうし、私がいるからこっちを見たわけじゃないってことくらい、わかってるのに。

そのままお互《たが》い視線を外すことなく、無意識に三秒くらい見つめあって、その後《ご》、どちらからともなく目をそらした。

やだ、私ったらじっと見つめすぎちゃったかな。ヘンに思われてないかな。

「ねぇ、なんか今、碧空くんがこっちのほうジロジロ見てなかった？　誰か知り合いでもいたのかな？」

加奈子ちゃんが不思議《ふしぎ》そうにつぶやいたのを聞いて、少し焦《あせ》る。

「えっ。そ、そう？」

「うん、気のせいかもしれないけどさ。碧空くんもすごくカッコいいよね〜。うちの学年ではダントツかも。イケメンだし、性格もやさしそうだし、なんか王子様みたい。蛍もそう思わない？」

そう聞かれて、なんだかわけもなく恥《は》ずかしい気持ちになってしまったけれど、

「う、うん。そうだね」なんて、精いっぱい平静《へいせい》を装《よそお》って答えた。

だけど、まだ心臓はドキドキしてる。

入学以来、彼と目があったのは、これが初めてじゃない。

実を言うと、前からこんなふうによく目があうんだ。

でも、そんなのはただの偶然だよね。

深い意味なんてないはず……。

するとそこで、加奈子ちゃんが思いついたようにひとこと。

「ところで、蛍はまだ気になる人とかいないの｜？」

「えっ！」

その質問にまたドキッとする私。

気になる人……。

言われてチラッと一瞬だけ碧空くんのことが浮かんだけれど、私はあわててそれを頭のなかからかき消した。

だって、言えるわけがない。

今さら誰にも言えないよ。こんな気持ち。

「い、いないよっ」

なんて、苦笑《にがわら》いしながら否定《ひてい》すると、加奈子ちゃんは眉《まゆ》を下げてあからさまに残念《ざんねん》そうな顔をした。

「えーっ、もったいな〜い。蛍、かわいいから結構男子に人気あるんだよ。その気になればいくらでも彼氏とかできるって！」

彼女はいつもこんなふうに言ってくれるんだけど。

「そ、そんなことないよっ。それに私、男の子は、苦手《にがて》だから……」

そう。実は私は男の子が苦手。というより、過去《かこ》の経験《けいけん》から男の子と関わることに少し恐怖心《きょうふしん》を抱いているようなところがある。

中学時代にいろいろあったせいで、恋愛に対してトラウマができてしまったんだ。

もうあの時みたいに恋をして傷つくのも、誰かを傷つけるのも嫌だから。

今はただ、こうして毎日平和に過ごせていれば、それでいいの。

「ふーん、そっかぁ。蛍にもいい人があらわれるといいんだけどなぁ。好きな人がいるって楽しいよっ。毎日それだけでワクワクするんだから！」

イキイキと話す彼女の姿を見て、たしかにそうなのかもしれないなぁと思う。

加奈子ちゃんは恋をしてて、毎日すごく楽しそうだから。

だけど私は、自分にそんな楽しい恋や幸せな恋ができるとは思えなくて。

思い出すと、今でも胸が苦しくなる。

あの時、はなしてしまった手。逃げてしまった私の初恋。

今さらどうすることもできないし、もう二度ともとにはもどれない。

それなのに、心のどこかにいつも、彼がいて……。

私だけがひとり、いつまでも忘れられないでいるんだ。

今さら話しかけるなんてできなくて

子どもの頃から私は、しゃべるのが苦手だった。

滑舌《かつぜつ》が悪く舌ったらずで、早口でスラスラ話すことができない。

声も小さくて自信なげに話すから、聞こえづらいらしく、時々相手をイライラさせてしまう。

話すのがたどたどしいから、それを「かわいい」なんて言ってくれる人もたまにいるけれど、「えっ？」「はぁっ？」なんて聞き返されることもしょっちゅうで。

そのたびに委縮《いしゅく》してしまい、だったらもうあまり話さないでいようと思っていたら、どんどん無口《むくち》になって。そんなふうだから、いつもみんなと打ち解けることができなかった。

「そのしゃべり方、わざと？」

中学時代、クラスの女子に言われたこの言葉。

しゃべり方という、自分が一番気にしているところを指摘《してき》されて、すごくショックだった。

「癒《いや》し系ぶって、わざとゆっくりしゃべってるんでしょ」

「男子に気に入られようと思ってぶりっ子してるんだよ」

自分ではそんなつもりはまったくなかったのに。普通に話しているつもりでも、そういう話し方になってしまうだけなのに……。そんなふうにぶりっ子だと思われてしまうことがすごくつらかった。

男の子に自分から話しかけることはめったになかったし、気に入られようと思ったこともなかった。

だけど、なぜかよく「かわいい」と言われたり、話したこともない人から告白されたりした。

そういうのが一部の女子の気に障《さわ》ったみたいで、通りすがりにイヤミを言われたりしていた。

いつだって、ビクビクしていた中学時代。

目立たないように、ただ静かに、おとなしくしていればよかったのに。

あの時、彼に出会ってしまったから。彼のやさしさにふれてしまったから。

私は夢を見てしまったんだ。

身《み》の程《ほど》知らずな夢。

結果的に、彼を傷つけてしまうことになるとも知らずに……。

「よっしゃー！　サッカーならまかせて！　私はりきっちゃう！」

ある日の二時間目、体育の授業は外で男女ともにサッカーをやることになっていた。

サッカーが大好きな加奈子ちゃんは、すごくはりきっている。

体育はいつも、私たち三組と一組の合同授業。

体操服《たいそうふく》に着替《きが》えてグラウンドに向かうと、うちのクラスと一組の生徒たちがすでにたくさん集まっていた。

数人の男子がサッカーボールでリフティングをしたりして遊んでいる。

それを見て、「キャーッ」なんて騒いでいる女子たち。

「わーっ、なんかすごいね、あの集団《しゅうだん》。キラキラしててまぶしいんだけど」

加奈子ちゃんに言われて、そのまぶしい集団とやらをじっと見てみると、それは一組の目立つ男の子たちのグループだった。

みんなカッコよくて、モテそうな男の子ばかり。たしかにキラキラしてる。

リフティングもすごく上手だし、運動神経《うんどうしんけい》バツグンなのかな。

そのなかでも、一番目立って見えるのは、あの碧空くんだ。

少年のような顔で楽しそうにサッカーボールを蹴《け》りあげる姿は、中学時代とぜんぜん変わらなくて、見ていたら思わず少しだけ頬《ほお》がゆるんだ。

元気そうな彼の姿を見ると、ホッとする。高校でも、彼は楽しくやってるんだ。

まさかこうして同じ高校に通うことになるなんて、思ってもみなかったけど。

「碧空ーっ！　孝太《こうた》ーっ！」

するとその時、大きな声で碧空くんたちを呼《よ》ぶ女の子の声がして。

「おう、美希《みき》！」

その美希ちゃんという子は、パーマのかかった茶髪を揺らしながら、タオルを二枚手に持って、彼らのいる場所へと駆けよってきた。

すらっと背が高くて、スタイルがよくて、モデルみたいな彼女。顔も美人だし見とれてしまう。

「もうっ、タオル私に持たせっぱなしで行っちゃうんだから～」

「あー、わりぃわりぃ」

「今は部活中じゃないんだからねっ」

そう言いながら碧空くんの肩をバシバシ叩《たた》く美希ちゃん。

ずいぶん仲がよさげだけど、それもそのはず。

だって、彼女は碧空くんたちが属《ぞく》するサッカー部のマネージャーだから。

いつもこのメンバーは、男女混合《こんごう》のグループで仲良くつるんでいるのを見かける。

「うわぁ、あの山下《やました》美希ちゃんって子、超美人だよね。サッカー部のアイドルマネ。

結城先輩とも仲いいみたいだし、いいなぁ～」

となりにいた加奈子ちゃんが、うらやましそうな顔でつぶやく。

たしかに、あんなに美人で明るかったら、みんなに好かれるだろうし、人気者になれるだろうなぁって思う。

碧空くんのとなりに並んでいても絵になるというか、似合《にあ》ってるなぁ……。

「一組は、ああいうキラキラした人ばっかりだよね～」

「ほんとだねぇ」

そんなキラキラした集団の中心にいる碧空くん。

碧空くんのまわりには、昔から人がたくさん集まる。

人気者なのに、ぜんぜん気取ってなくて、誰にでもやさしくて、男女関係なくみんなと仲がよくて。

こうして見ていると、まるで別世界の住人のよう。

そんな彼と、一時的にでも自分が同じ世界にいただなんて、今ではもう信じられなくて。

キラキラした彼らの姿を遠くからぼんやりと見つめながら、ちょっとだけ切ない気持ちになった。

——ピーッ！

ホイッスルの音が鳴《な》って、女子たちの一回目の試合は終了。

運動が苦手な私はこれといって活躍もできなかったけれど、みんなで和気《わき》あいあい楽しくやれたのでホッとしていた。

そんな私の横で、加奈子ちゃんだけがひとり、メラメラと闘志《とうし》を燃《も》やしている。

「くっそ～！　一組女子に負けた！　一点差って、悔《くや》しい‼　二回戦は絶対負けないから‼」

結局私たちのチームは一点差で負けてしまったので、試合結果表には黒星がついた。

先生が、毎回結果をノートにつけているみたい。

「よしっ、男子の試合見て次の作戦を練《ね》らなくちゃ！　行こう、蛍！」

そう言って男子のコートのほうへと駆けだす加奈子ちゃん。

「あっ、うん。待って」

あわてて自分もそのうしろを追いかける。

だけど、急に走りだしたせいか前をよく見ていなかったので、ベンチにぶつかって、上にのっていたストップウォッチや試合結果を記録《きろく》するノートを下に落としてしまった。

——ガシャンッ！

「あぁっ!」

すぐにしゃがんでそれらを拾《ひろ》いあげる。

恥ずかしい……。またやっちゃった。

そんな私の様子《ようす》に気がついた加奈子ちゃんは、すぐに駆けよってきてくれて、拾うのを手伝ってくれた。

「わぁ、だいじょうぶ～? 蛍」

「う、うん。だいじょうぶ。ごめんねっ」

まったくどうしてこうなんだろう、いつも。

まるでなにかにとりつかれているみたいに、必ずと言っていいほど、一日一回はものを落としてぶちまけたり、溝《みぞ》にはまってこけたりしてしまう。

いわゆるただのドジなんだろうけど、私の場合は本当に笑えないくらいにひどくて。

加奈子ちゃんはそんな私をいつだって本気で心配して助けてくれるけれど、あまりにも頻繁《ひんぱん》だから、いつかあきれられてしまうんじゃないかって不安になる。

「蛍はそそっかしいよねぇ。まぁ、そこがまたかわいいんだけど」

「うぅ、ごめん……」

どんくさい自分に嫌気がさす。

すると、横から急に鼻で笑うような声が聞こえてきた。

「ふっ、またやってんの？」

ドキッとして横を見ると、そこにはすらっと背の高い黒髪の男の子が、こちらをじっと見下《みお》ろしていて。半分バカにしたようなその表情を見た瞬間、恥ずかしさでまた顔が熱をもった。

「あ、矢吹《やぶき》くん！」

加奈子ちゃんが彼の名前を呼ぶ。

彼は、同じクラスの矢吹透《とおる》くん。

クールで飄々《ひょうひょう》としていて、基本いつでもひとりでいる一匹狼《いっぴきおおかみ》タイプ。

これといってよく話すというわけでもないんだけれど、なぜかたまにこうして私のことをからかってくるんだ。

「柏木ってほんとぬけてるよな」

「うっ……」

「ちょっとー、蛍をバカにしないでよ～！」

加奈子ちゃんがすかさず言い返してくれる。

すると、矢吹くんは突然、私の髪にすっと手を伸ばしてきて。

「つーか、なんか髪の毛にゴミついてるし」

「えっ！　ウソッ」

そのゴミとやらを手でつまみあげると、下にポイッと捨ててくれた。

「あ、ありがとうっ」

お礼を言いながら、恥ずかしくてまた顔が熱くなる。

そしたら矢吹くんはフッと笑って、それから「バーカ」なんて言いながら、その場を去《さ》っていった。

……バカって言われちゃった。

意地悪《いじわる》なんだかやさしいんだか、よくわからない人だなぁ。

すると、そのうしろ姿を見送りながら、加奈子ちゃんがつぶやいた。

「なんかさぁ、矢吹くんってなにかと蛍にちょっかいだしてくるよね」

「えっ、そう⁉」

「うん」

「………」

たしかに自分でも最近そんなふうに思うことはあった。けれど、実際に言われるとドキッとしてしまう。

「矢吹くんってクールだし、女子と絡《から》んでるところなんてあんまり見ないのにさぁ。不思議だよねぇ。実は蛍のこと気になってたりして」

「えぇっ！　そんなまさか！」

「そのまさか、かもよ～」

加奈子ちゃんがニヤニヤしながら肘《ひじ》で小突《こづ》いてくる。

よりによって、あの矢吹くんが私のことを気になってるだなんて。そんなこと……。

「ぜ、絶対ないよっ！」

「あるよ～」

「ないって！」

そんな押《お》し問答《もんどう》を繰り広げていたら、男子チームのサッカーの試合終了を告《つ》げるホイッスルの音がした。

いつの間にか終わってしまったみたい。見損《みそこ》ねちゃった。

「あ、終わっちゃったね～。まぁいっか」

加奈子ちゃんは少し残念そうにしながらもハハッと笑う。

「よし、次はうちらチームの二回戦だ！　今度こそ気合《きあい》入れるぞ～！」

そしてパンパンと自分の頬を両手で叩くと、再び女子のコートへと先にもどっていった。

そうだ。今からまた二回戦だから、私も行かなくちゃ。

すると、そこに試合を終えた一組男子たちがぞろぞろと歩いてきて。

「あー、つかれた～」

「喉《のど》が渇いたわー」

みんなグラウンドの端《はし》の階段に並べてあるタオルのなかから自分のタオルを取って、汗を拭《ふ》く。

そのなかには碧空くんたちの姿もある。

だけどなぜか、少し様子がヘンだった。

みんなに囲まれて、心配されている様子の碧空くん。

「だいじょうぶー？　血がでてるよ？」

「保健室行く？」

どうやら彼は今の試合で膝《ひざ》を地面にぶつけたのか、擦《す》り傷《きず》ができてしまったようで、そばにいた美希ちゃんたちがみんなでその怪我《けが》をのぞきこんでいた。

だいじょうぶかな？

見た感じでは、そこまで大怪我ではないみたいだけど、ちょっと気になる。

すると、さらに会話が聞こえてきて。

「だいじょうぶ、だいじょうぶ！　このくらい洗えば平気だろ」

「ほんとにー？　痛《いた》そうだよ～。誰か絆創膏《ばんそうこう》持ってないの？」

「ごめん、教室にならあるけど、今は持ってないや」

その言葉を聞いて、ハッとする。

……ど、どうしよう。私、絆創膏持ってる。

子どもの頃からよくころんで怪我をする私は、いつでもどこでも絆創膏を持ちあるくのがクセになっていて、体育の時ですら、いつも体操服のポケットにそれを忍《しの》ばせていた。

手をポケットに入れて、絆創膏の感触《かんしょく》を確認する。

今、渡そうと思えば渡せる。でも……。

今さら彼に話しかけることなんて、できるわけがない。

そもそも私、同じクラスでもないし、普段から関わりもないし、そんな私がいきなり彼に絆創膏をあげたりしたらおかしいよね。

なんてひとりで悩《なや》んでいたら、

「おい碧空っ、血がたれてるぜ！」

「ゲッ、ちょっと水道行って洗ってくるわ」

そのまま碧空くんは近くの水道へと行ってしまったので、結局私はなにもできずに、ポケットに手をつっこんだままその場に立ちつくしていた。

あぁ、行っちゃった……。

少しだけ悔《く》やまれるような、でもどこかホッとしたような気持ちで。

べつに私が心配したり、気にする必要なんてないはずなのにね。

他人事《ひとごと》だと思えないのはどうしてなんだろう。
碧空くんのことはもう、自分には関係ない。逃げてしまったのは私のほうだ。
それなのに、今さら声をかけようなんて、そんなこと思っちゃいけないよ……。
誰もいなくなった階段の前で、ポケットからそっと絆創膏を取りだす。
私はこっそりと、彼のタオルの上にそれをのせておいた。

キッカケと落とし物

「そっかー、今日は一緒に帰れない日だった」

「うん、ごめんね」

「いいよいいよ、じゃあクレープはまたね！」

ある日の放課後《ほうかご》のこと。

せっかく加奈子ちゃんが放課後にクレープを一緒に食べようってさそってくれたのに、私は委員会があるためそれをことわってしまった。

本当は一緒に行きたかったんだけど。

今日は駅前のクレープ屋さんの月に一度のサービスデー。全品三百円で食べられる日らしい。

だけど運悪く今日が水曜日なので、図書委員の当番《とうばん》の日なんだ。

べつの曜日だったらよかったのに……。

「今度また、サービスデーじゃなくても一緒に行こうよ！　私のオススメのクレープ蛍にも食べさせてあげたいから」

やさしい加奈子ちゃんは、少し残念そうにしながら、そんなふうに言ってくれる。

その言葉を聞いて、私は思わず胸がジーンと熱くなった。

「うん、絶対行く！」

「よし、じゃあ約束ね！」

〝約束〟なんて言われて、またうれしくなる。

こんなふうに友達となにか約束をするなんていつぶりだろう、なんて。

私は加奈子ちゃんと一緒にいると楽しくてたまらないけれど、加奈子ちゃんも私といると楽しいと思ってくれてるのかな？

いつもこうして真っ先に私をさそってくれる彼女には、感謝《かんしゃ》の気持ちでいっぱいだ。

だから次にさそわれた時は、なにがなんでも行こうって決意して、加奈子ちゃんに別れを告げた。


帰り際《ぎわ》の生徒たちで、ザワザワとにぎわう下駄箱《げたばこ》の前を通りすぎる。

水曜日はすべての部活が休みなので、普段なら部活がある生徒たちもみんな早く帰れる。

「どこ寄ってく？」なんて楽しそうに話す人たちの会話を聞いて、いいなぁなんて思いながら、私はひとり校舎一階の奥にある図書室へと向かった。

――ガラガラッ。

ドアを開けると、中はいつもどおりガランとしていて、とても静か。

水曜日の図書室はいつだって、利用者が少なくて、すいている。

私はさっそくカウンターに腰掛《こしか》けると、目の前に置いてあった図書委員の日誌《にっし》を手に取って開いた。

もうひとりの水曜日の当番の子は、今日も来ないみたい。

同じ一年生の女の子なんだけど、たまにしか来ないから、ほぼ毎週私ひとりで仕事をこなしている。

でも逆にそっちのほうが気をつかわなくて楽なので、べつに困ることはなかった。

日誌を書いたあとは、返却ずみの本がのったカートを引いて、本を棚へもどしていく。

地味《じみ》な作業ではあるけれど、私は嫌いじゃない。意外とこれが楽しかったりして。

それにしても、図書室って静かだなぁ。

この空間がなぜか、いつもすごく落ち着くんだ。

そして、とくに何事もなくその日の仕事を終えた私は、閉館《へいかん》時間を迎えたので、鍵《かぎ》を閉めて帰ることにした。

カバンを持って、鍵を持って……。

「あっ」

だけどその時、あることに気がつく。

リクエストカードの集計って、今日までだったっけ。

ハッとして、カウンターの端に設置《せっち》してあるリクエストボックスのフタを開けると、意外にもたくさん入っていておどろいた。

図書室に置いてほしい本をリクエストしたり、図書室への要望を書くカードなんだけど、書いてくれる人が意外と多くいるみたい。

私はバラバラに入れられたそれらを一枚残らず回収すると、そのまま図書室をあとにして、職員室へと向かった。

期限は今日までだから、ちゃんと提出してから帰らなくちゃ。

職員室は同じ一階だけれど、図書室とは反対側にある。

再び下駄箱の前を通りすぎると、もうほとんど人の気配《けはい》がなくて、シーンとしていた。

ひとりで帰るの、少しこわいなぁ。

いつもは加奈子ちゃんと一緒の道も、図書委員の当番の日は遅くなるうえにひとりだから、少しだけ心細《こころぼそ》い。

まぁ、中学時代はいつも帰り道はひとりぼっちだったことを思えば、ぜんぜんマシなんだけれど……。

その時だ。

なんだか少し肌寒《はださむ》いなと思ったら、廊下《ろうか》の窓が少し開いていたみたいで、次の瞬間、強めの風が外からヒュウッと吹きこんできた。

「……きゃっ！」

たちまち私の手からはなれて舞いあがるリクエストカードたち。

風にのってあちこち飛んでいく。

「あぁっ」

ウソ、ちょっと待って。

つかまえようと思ったけれど追いつかず、結局そのまま何枚ものカードをパラパラと廊下に落としてしまった。

「うぅっ、もうやだっ……」

あわててしゃがんでそれらを拾いあつめる。

なんかもう、お決まりのパターンすぎてあきれちゃうよ。一日何回ものを落としたら気がすむんだろう、私。

なんて、また自己嫌悪《じこけんお》に陥《おちい》っていたら、その時ふいに誰かがこちらへ向かってゆっくりと歩いてくるのがわかった。

近くに来るとその人は、親切にもカードを数枚拾いあげて、しゃがみこむ私に手渡してくれる。

「だいじょうぶ？　はい、これ」

聞きおぼえのある、男の子の声。

「あっ、どうも、ありがとうございます……」

だけど、そう言って顔をあげた瞬間、私は思わず心臓がとまりかけた。

「えっ！」

だって、そこには思いがけない人物が、困《こま》ったような笑みを浮かべながら立っていたから。

う、ウソ……。碧空くん。

おどろきのあまり、すぐには声がでてこない。

どうしよう。なんで彼がここに？

戸惑《とまど》いながらも無言《むごん》のまま、ペコリと頭を下げ、カードを受けとる。

すると、碧空くんはなぜか自分もその場にペタッとしゃがみこんだ。

ふたりの目線が同じくらいの高さになって、ドキドキする。

わあぁ、待って。ねぇ、どんな顔すれば……。

「なんかこういうの、初めてじゃないよな？」

「……っ」

微笑みながらこちらを見つめる彼は、やっぱりあの頃とぜんぜん変わらない。

笑うと少し眉毛が下がる。いつだって、相手の目をしっかり見て話す碧空くん。

恥ずかしがってすぐに目をそらしてしまう私とは違って。その場をやさしい空気で包《つつ》みこんでくれる。

「ふっ。変わんないな、やっぱ。久しぶり、蛍」

その言葉を聞いた瞬間、胸の奥がじわっと熱くなって、少しだけ泣きそうになってしまった。

だって、碧空くんが……再び私の名前を呼んでくれたんだもの。呼びすてで。

『変わんないな』って言ってくれた。

私のこと、おぼえてるの？

もうとっくに忘れられてると思ってたのに……。

「元気だった？」

続けて、碧空くんはやさしい声で問いかけてくる。

私はうまく目をあわせられなかったけれど、震《ふる》える声で小さくうなずいた。

「う……うんっ。碧空くん、こそ……」

ねぇ、なんだか信じられないよ。こんなふうに話していることが。

碧空くんがまた私に話しかけてくれる日が来るなんて。夢でも見てるのかな。

「そっか、よかった。俺は見てのとおり超元気。あ、この紙って職員室に持っていけばいいの？」

「えっ……。あ、うんっ。そう」

「じゃあ俺も手伝う」

「えぇっ！」

そして、手伝うほどの量でもないのに、碧空くんは私の持っていたリクエストカードを半分受けとると、なぜか一緒に職員室まで持っていってくれた。

私はもう、いったいなにが起きているんだかさっぱりわからなくて。

どうして急にこんなことに？　こんな偶然ってあるんだ。

高校に入ってから、初めて碧空くんと話した。

もう一年くらいなにも話していなかったような気がする。

時々目があうことはあっても、すれ違うことはあっても、お互い話しかけようとはしなかった。

なのに、どうして……。

ねぇ、もう碧空くんは気にしてないの？　なんとも思っていないのかな？

私がひとりで意識しているだけ？

どうしよう。

うれしくて、胸のドキドキがおさまらないよ……。

下駄箱で靴《くつ》を履《は》きかえ、碧空くんとふたりで一緒に昇降口《しょうこうぐち》をでると、外は日が落ちかけて、少しオレンジがかっていた。

ひとりで帰るのは、やっぱり少し心細い。

だからといって、碧空くんに「一緒に帰ろう」なんて言えるわけがないし、彼だってもちろんそんなつもりはないだろうし、ここはひとりでサササッと先に帰るべきなんだろうと思って、カバンの持ち手をぎゅっと握《にぎ》りしめ、となりを向いた。

「あのっ、そ、それじゃ、またね」

小さく笑って彼の前を通りすぎようとする。

欲《よく》を言えば、もう少し一緒にいたかったような気もしたけれど、私としてはこうして再び話をすることができただけでも十分だったので、それ以上はなにも望《のぞ》んでいなかった。

だけど、そのまま歩きだしたらなぜか、うしろからグイッと片腕《かたうで》をつかまれてしまって。

「ひゃっ！」

「待って」

ひきとめるような碧空くんの言葉に、ドキンと心臓が跳ねる。

「途中《とちゅう》まで送るよ。ひとりじゃ危ないだろ」

「えっ？」

ウソ。今、なんて言った？　送る？

でも……。

「そ、そんなっ！　いいよっ。悪いよ……」

思わず遠慮《えんりょ》してしまう私。

もちろん、送ってもらえたらうれしいけれど。

それ以上になんだか申し訳なくて。

「でも、俺ら途中まで一緒じゃん」

「う、うん……」

たしかにそのとおりだ。同じ中学出身だし。

「悪いもなにも、別々に帰る必要なくね？」

そう言われてしまったら、今度はなにも言い返せなかった。

そっか。そうだよね。

この状況《じょうきょう》であえて別々に帰ろうなんて、それこそまるでさけているみたいだ。

それに、碧空くんがかまわないなら、私は一緒に帰ってもなにも困ることはないし、ひとりではこわかったからむしろありがたい。

「そう、だよね」

私が小さな声でうなずくと、碧空くんはふふっと笑う。

そして、私の頭にポンと大きな手をのせると、顔をじっとのぞきこみながら問いかけてきた。

「それとも、俺と一緒に帰るの、嫌？」

「……っ」

あまりにも彼の顔が近くて、かぁっと体が熱くなる。

そんなの、嫌なわけがない。

本当はものすごくうれしいよ。

だけど心のなかで、本当にいいのかなって、碧空くんは迷惑《めいわく》じゃないのかなっていう思いがあって。

今まで、お互い関わろうとしていなかったはずなのに、急にどうしてなのかなって。

久しぶりに彼に話しかけられて、やさしくされて、どこか戸惑っている自分がいるんだ。

私が言葉につまってだまりこむと、碧空くんもだまる。

「……」

だけど不思議と、その沈黙《ちんもく》は急かされているようには感じない。

碧空くんは昔からそう。

私が言葉につまったり、焦ってうまく話せない時でも、じっと待っていてくれる。

まるで見守るかのように。

「い、嫌じゃ……ない」

やっとの思いでそう答えたら、碧空くんはうれしそうにニコッと笑って、「じゃあ一緒に帰ろう」って言ってくれた。

その笑顔に胸がまたきゅっとしめつけられる。

やっぱり彼は変わらない。あの頃のままだ。

誰に対しても親切で、やさしくて、あったかい。

私は突然の思いがけない展開《てんかい》に戸惑いながらも、心のなかでは彼と再びこうして関われたことがうれしくてたまらなかった。

夕日に照らされた人けのない歩道を、ふたり並んで歩いていく。

校門をでてしばらくは、ただドキドキして、緊張《きんちょう》して、なにも自分から話しかけることができなかった。

今さら彼となにを話したらいいのかわからなくて。

それに、碧空くんもこれといって話しかけてこない。

だけど時々気になってチラッと横を見てみると、彼もまたすぐこっちを向いて、そのたびになぜか、はにかんだように笑ってくれるのだった。

だからべつに、気まずいムードというわけでもない。

目があうとちょっと照《て》れくさい。

なんだろう、この空気……。

「ところで、学校はどう？　楽しい？」

「えっ？」

途中、ようやく碧空くんのほうから話しかけてきた。

「えっと……うん。楽しいよ」

「そっか。よかった」

「……」

「友達、できた？」

そう聞かれて少しドキッとする。

もしかして、気にかけてくれていたのかな？

中学の頃は私、あまり友達がいなかったし、彼もそのことはよく知っているから。

だけど今は加奈子ちゃんの存在があるから、少し胸をはって答えられる。

「う、うん。できたよ」

照れながら返事をしたら、碧空くんはなぜか大げさによろこんでくれた。

「へぇ〜、よかったじゃんっ！　なんか安心した！」

「えっ。あ、ありがとう」

「たしかに元気そうだもんなー」

「そう……かな？」

「うん」

話していたら、少しずつ緊張もとけてくる。

さっきまではどこか彼との間に距離《きょり》を感じていたはずなのに、フレンドリーな碧空くんを見ていたらそれもなくなって、だんだんと自分からも話しかけていいのかなと思えてきた。

「……そ、碧空くんは、サッカー続けてるの？」

なんて、彼が高校でもサッカー部に入っていることはもちろん知っていたけれど、あえて聞いてみる。

すると、碧空くんは少年のようにキラキラした顔で答えた。

「うん。やっぱ好きだからな。迷わずまたサッカー部入ったよ」

「そっかぁ」

「今日は部活ないけど、自主練《じしゅれん》で残っててさ」

「あ、そうだったんだ。偉《えら》いね。だから、まだ学校にいたの？」

「うん」

その表情から、彼は本当にサッカーが好きなんだなぁって、あらためて感じる。

この前の体育の時も楽しそうにリフティングしてたし。なんてことを思い出していたら、ふとあることが気になった。

あっ、そういえば……。

「あの、もう怪我は、だいじょうぶ？」

「ん？　怪我？」

「ほら、この前の体育で、膝を……」

「えっ？」

だけど、言いかけたところで気がつく。

あれ？　ちょっと待って。私ったら、なにを聞いてるんだろう。

これじゃあの体育の時、碧空くんのことをジロジロ見てたってことがバレちゃうよ。

なんで私が怪我のことを知ってるんだって、ヘンに思うよね？

「え、えーと、あのっ……」

どうしよう、どうしよう。

急に頭のなかが真っ白になって、しどろもどろになる。

すると、そんなふうに焦る私を見て、碧空くんはなにを思ったのか、急にその場にピタリと立ちどまった。

そしてなにかひらめいたような顔をして。

「……もしかして。やっぱり蛍だろ？　あの絆創膏くれたの」

「……っ！」

あぁ、ウソッ。バレちゃった！　どうしよう。

なんでわかったんだろう。

これは、ごまかしたほうがいいのかな？

でも、ここまできて違うなんて言えないし。

「え、えっと……うん。実は……」

「わーっ、やっぱりかー！」

やだ私。これじゃ親切を通りこして、まるでストーカーみたいだよね。

「でもっ、あれは、たまたまポケットに入ってたから、つい……。よ、よけいなことしてごめんねっ！」

なんだか自分がすごくおかしなことをしてしまったように思えて、言いわけをしながら必死《ひっし》で謝《あやま》る。

もう恥ずかしくて消えてしまいたい。

けれど、碧空くんはそんな私を見て嫌な顔をするどころか、目を細めてやさしく笑ってくれた。

「ははっ、なんで謝るんだよ。謝ることないじゃん」

「えっ？」

「いやーだって、あの時誰も絆創膏持ってなくてさ、でもなかなか血がとまんなくてヤベーなって思ってて。そしたらなぜかタオルの上に絆創膏が置いてあったから、マジで感激《かんげき》したんだって、俺」

……ウソ。感激？　そうなの？

「よけいなことなんかじゃないよ。すげぇうれしかったから」

そう言ってくれる碧空くんの顔があまりにもやさしくて、胸がつまる。

「ありがとな。おかげでもう治った」

同時に彼の大きな手のひらが頭にポンとふれて、思わずまた顔がかぁっと熱くなった。

「……っ」

どうしよう、うれしい。

碧空くんがよろこんでくれた。感謝してくれた。

よかった。私がしたこと、よけいなお世話《せわ》じゃなかったんだ。

だけど、どうして私だってわかったんだろう。

「あの、でも、なんでわかったの？　私のだって」

私が問いかけると、碧空くんは笑顔のまま答える。

「えーだって、そんなことしそうなのって、蛍しか思いつかなかったから」

「えぇっ！」

ウソ、なにそれっ。

「ほら、蛍ってさ、昔からいつも絆創膏持ちあるいてるじゃん。中学の時も、体育で俺が怪我した時にくれたことあったし。だから見た瞬間、もしかしたら……なんて思ったんだよ」

「えぇ〜っ！」

そこで彼が私のことを思い浮かべてくれたことに、またおどろく。

碧空くんのなかに、私の記憶《きおく》がちゃんと残《のこ》ってたんだって。

そんな昔のことまで彼はおぼえていてくれたんだ。

「でもまさか、ほんとに蛍だったとはな〜。俺が怪我したの、よく気づいたな。さすが」

そう言われて、碧空くんをこっそり見ていたのがバレたことが恥ずかしくなったけれど、ヘンには思われなかったみたいでホッとした。

「う、うん。たまたま、近くにいたから……」

っていうのはもちろん、ウソじゃないけど。

本当はいつも気になってる。

気がついたら碧空くんのことを探してしまう自分がいる。

今さらそんなのおかしいって思うんだけどね。

相手が碧空くんじゃなかったらきっと、怪我にも気づかなかったと思うし、わざわざ絆創膏を置いたりしなかったかもしれない。

もしかして、急にこうして話しかけてくれたのも、その絆創膏のせいだったりするのかな……?


そのあと、駅から電車にのって、家の最寄《もよ》りの駅でふたり一緒に降りると、私はそこからさらに自転車にのって帰るので、自転車置き場の前で碧空くんにサヨナラした。

碧空くんは「ひとりで平気?」なんて聞いてくれたけど、さすがに家まで送ってもらうわけにはいかないから。

「あの……い、一緒に帰ってくれて、ありがとう」

「いや、こちらこそ。帰り気をつけてな」

「うん」

「それじゃ、また明日」

碧空くんはそう告げると、手を振りながら笑顔で去っていく。

私は自分も手を振りながら、その言葉に少しだけドキドキしていた。

〝また明日〟なんて、明日もまた一緒に帰るみたいなセリフ。

明日また話せるかどうかもわからないのに。

バイバイしてからもずっと、胸の高鳴りがおさまらない。

さっきまでの出来事《できごと》がウソのようで、いまだに現実味《げんじつみ》がわかなかった。

本当にただの偶然なんだろうけど……不思議。

こんなふうに碧空くんとまた普通に話せる日が来るなんて思わなかったから。

もっと気まずくなるかと思ってたのに、ぜんぜんそんなことなかったな。

なにより碧空くんが昔と変わっていなかったことにホッとする。

自転車の鍵を外して、自転車置き場のゲートの外まで引いていく。

そして、広い道にでてからサドルにまたがろうとしたら、ふと自転車の前輪《ぜんりん》の下あたりに、なにか四角いものが落ちていることに気がついた。

……あれ、これは？

自転車を一度とめて、拾いあげてみる。

するとそれは、茶色の革製《かわせい》のパスケースのようだった。

落とし物かな？

定期券《ていきけん》だったら、駅に届《とど》けたほうがいいよね？

裏返《うらがえ》して中をのぞいてみると、そこにはどこかで見たようなデザインの白いカードが一枚入っている。

あ、定期じゃない。学生証みたい。

しかもうちの学校の生徒のだよ。

だけど、その写真と名前を確認した瞬間、ハッとした。

ウソッ。これ、碧空くんのだ！

さっき帰る時にポケットから落としちゃったのかな？

どうしよう……。

一応《いちおう》碧空くんの家は知ってるし、追いかければまだ間にあうかもしれない。

……なんてことももちろん考えたけれど、暗くなってきたし、もう時間も遅いので、さんざん迷ったあげく、やっぱり明日学校で渡すことにした。

だって、もし碧空くんがすでに家に着いてしまっていたら、さすがに家まで訪ねていく勇気《ゆうき》はないし。

連絡先《れんらくさき》も知ってはいるけれど、今さら電話をかけたりメッセージを送るというのも、なんだか気がひけてしまって……。

いいよね。今日はもう、このまま持って帰ろう。

パスケースをとりあえずカバンのポケットへとつっこむ。

……あれ？

するとその時、ケースの端からなにか紐《ひも》のようなものがぶら下がっていることに気がついて。気になってつまみあげてみるとそれは、だいぶ薄汚《うすよご》れてはいるけれど、〝必勝《ひっしょう》〟と書かれたネコのチャームつきのストラップだった。

「……っ！」

見た瞬間、おどろきのあまり言葉を失《うしな》う。

ちょ、ちょっと待って。これって……。

なんでこれがこんなところについてるの？　ウソでしょ。

急に昔の記憶がよみがえってきて、心臓がドクドクと大きな音をたてはじめる。

どうしてだろう。信じられないよ。

だって、だって、これは……このストラップは、中学の時、私が彼にあげたものだよ。

碧空くんは、どうしてまだこれを持ってるの？

――それは忘れもしない、私の甘くて苦《にが》い初恋。
思い出すと胸の奥がぎゅっとしめつけられる。
そう。実は彼は、ただの中学の同級生なんかじゃなくて。
私の初恋の人で、初めての彼氏だった人。
中学二年生の時、私と碧空くんは半年間だけつきあっていたの。
わけあって、別れてしまったけれど……。
私たちは本当は、元恋人同士だったんだ。

ドキドキするのは

『大事にする。絶対。蛍が俺に初めてくれたプレゼントだから』
あの時、そんなふうに言ってよろこんでくれた。
最初はスクールバッグのファスナーにつけていてくれたんだっけ。
だけど、私たちが別れたあと、碧空くんのバッグからそれはなくなっていた。
私があげたネコの必勝ストラップ。
サッカーの試合に勝てるようにってプレゼントしたもの。
きっと私の記憶とともに忘れさられて、どこかへ行ってしまったんだと思っていた。
だけど、こんなところでまた見つけるなんて……。
わりと新しいパスケースに、不似合いなボロボロのストラップ。
どうしてこんなところにまだつけているの？
わざわざつけかえたりしたの？
碧空くんはいったい、どんなつもりでこれを持ちあるいていたのかな。
ただ単にネコが好きだから？　それともなんとなく？

気になる……。

だけど、今さら聞くなんてできないよ。

碧空くんと一緒に帰った次の日のこと。

朝、学校に着くと、私はおそるおそる一組の教室を訪ねた。

あの学生証の入ったパスケースを彼に渡すために。

昨日話したばかりだから、話しかけることにそこまで抵抗《ていこう》はなかったけれど、それでも彼を訪ねていくのには、かなり勇気が必要だった。

だってなんか、碧空くんってすごく目立つから。

一緒に話しているところを見られて、自分まで注目されてしまうのが少しこわくて。

でもべつに、用事もなく訪ねてるわけじゃないから、だいじょうぶだよね？

ドアの前に立って、教室の中をのぞいてみると、碧空くんはいつもの仲良しメンバーの男の子たちと楽しそうに話している。

私は大きな声で彼を呼ぶわけにもいかず、だからといって中に入って直接声をかけることもできなくて、彼がこちらに気づいてくれないものかと思い、必死で視線を送っていた。

だけど、今日に限ってなかなか目があわない。

どうしよう……。

するとその時、

「どうしたの？　誰かに用事？」

私の姿を見つけて声をかけてくれたのは、あのサッカー部美人マネージャーの美希ちゃんだった。

話しかけられたのは初めてなので、ドキッとする。

「あ、えっと……はい」

近づくだけでなんだかいい香りがする彼女はまさに、女子力の塊《かたまり》って感じだ。

やっぱりキレイだなぁ。

「私が呼んであげよっか？」

さらには、親切にもそんなふうに言ってくれて。

「い、いいの？　ありがとう」

「いいよー。ちなみに誰に用？」

「えっと、あのっ、ひ、柊木碧空くん、なんですけど……」

「えっ？」

私が碧空くんの名前を口にした瞬間、彼女の表情が変わった。

「……碧空に、用事？」

「え、あ、はい」

「へぇ～。碧空と知り合いなの？」

声のトーンがちょっとだけ変わったような気がしてビクッとする。

だけど、べつに怒っているわけじゃないみたいなので、そのまま正直に答えた。

「い、一応……」

知らないなんてウソをつくわけにもいかないし。

「そっかぁ、わかった。ちょっと待っててね」

そのまま彼女はすぐに教室の中へもどって、碧空くんを呼びにいってくれた。

呼ばれた碧空くんは、彼女に腕をぐいぐいひっぱられながらこちらへとやってくる。

「ほらーっ、こっちこっち」

腕を組んでいるみたいなその姿からは、ふたりがいかに仲がいいかということがうかがえる。

「この子がお客さん」

連れてこられた碧空くんは、私の姿を見たとたん、おどろいたように目を丸くしていた。

「えっ、蛍!?」

たぶん、私が訪ねてくるだなんて想像《そうぞう》もしてなかったんだと思う。

「あ、ごめんねっ。いきなり」

「いや、いいよぜんぜん。どうした？」

「あ、あのね。昨日自転車置き場の前で、これを拾ってね……」

私がパスケースを差しだすと、またしてもおどろいた顔をする彼。

「えぇっ！　マジで⁉」

「名前見たら、碧空くんのだったから」

「うわーっ、いつの間に落としてたんだろ、俺。学生証落とすとかヤバっ。危《あぶ》なかった〜」

そして、ちょっぴり恥ずかしそうに笑いながら、それを受けとった。

「すげー助かった。ありがとな、蛍」

「ど、どういたしましてっ」

その笑顔を見て、自分までうれしくなる。

ただ落とし物を届けただけなのに、こんなに感謝してもらえるなんて。

勇気をだして届けにいってよかったな。

だけど、その時ふと横から視線を感じて。

ハッとして見てみたら、そこにはさっきまでニコニコしていたはずの美希ちゃんが、少し不満《ふまん》そうな顔でこちらを見ていて、ドキッとした。

もちろん、にらまれているとかそういうわけじゃないんだけど。

もしかして、碧空くんと仲がいいとか誤解《ごかい》されちゃったかな？

さっきも私と碧空くんが知り合いだって言ったら、少し顔が曇《くも》ったような気がしたし……。

ここは早く立ちさったほうがいいのかもしれない。

「うわーっ！　なになに？　誰かと思えば三組の柏木さんじゃん！　かわいい！」

するとそこで、碧空くんのうしろからまた誰かがあらわれて。

やたらと声の大きい彼は、たしか碧空くんといつも一緒にいる孝太くんという人だった。

なぜか私の名前を知ってるみたい。

「碧空、お前、どういう関係⁉　知り合いだったの？」

しかも、どういう関係だなんて聞いてる。どうしよう。

碧空くんはなんて答えるんだろう……。

「おぉ、孝太。なんだよお前、蛍のこと知ってんの？」

「知ってるよ！　かわいい子には目がないから、俺」

「はあぁ？　いや、知り合いもなにも、俺ら同中《おなちゅう》出身だから。なっ？」

碧空くんにそう言われて、コクリとうなずく。

「えぇっ、そうだったの？　知らんかったー！」

「……あ、そうだったんだ」

となりにいた美希ちゃんもそれを聞くと納得《なっとく》したような顔をしていて、碧空くんもそれ以上はなにも私のことを説明しなかったので、少しホッとした。

もちろん、元カノだなんて彼が言うわけないことはわかっているけれど。

それでもどこかうしろめたいような、知られたらいけない秘密《ひみつ》のような、そんな気がして。

「柏木さん、俺、田中《たなか》孝太！　碧空の友達です！　よろしくねん」

続けて孝太くんが私に向かってフレンドリーに話しかけてくる。

「え、あ……はい」

「よかったら、俺とも仲良くしてくれるとうれしいな～。なんつって」

そしたら碧空くんが、笑いながら孝太くんの頭をベシッと叩いた。

「バカお前、ナンパすんな」

「えーだって、柏木さんかわいいから」

「お前さぁ、かわいい、かわいいってそればっか」

「だって俺、かわいい子大好きだし」

「うっぜぇ～」

そんなやりとりを見ていたら、芸人の漫才みたいでちょっと笑ってしまう。

「ふふっ」

このふたり、ノリがあってるというか、ほんとに仲がいいんだなぁ。

「ごめんな。ほんとこいつ、しょうもなくて」

「う、ううん」

「おい碧空っ！　しょうもないとはなんだー！」

――キーンコーン。

「あっ……」

すると、ちょうどそこで予鈴《よれい》のチャイムが鳴ったので、話の途中だったけれど、私は教室にもどることにした。

「あの、ごめんね。それじゃ」

「おう、ありがとな！」

「まったねー！　柏木さん！」

碧空くんと孝太くんが手を振ってくれる。

私も小さく手を振り返す。

なんだかまた胸の奥が熱くなっていくのがわかる。

……すごい。意外とまた普通に話せちゃった。

そのうしろで、こちらを無言で見ていた美希ちゃんのことが少しだけ気になったけれど、とりあえずパスケースを無事《ぶじ》渡すことができて安心した。

それにしても、まさか今日もこんなふうに彼と話ができるなんて、偶然って重なるものだなぁ。

たまたま拾った彼の落とし物。結局、あのネコのストラップのことは聞けなかったけど。

でも、たぶん、とくに深い意味はないよね……。

「きゃーっ、加奈子じゃーん！」

「わぁ、美香《みか》」

お昼休み、いつものように加奈子ちゃんと一緒に学食に来たら、バッタリ会ったほかの友達につかまってしまった。

「なんか久しぶり～！」

「だよね～」

どうやらその子は加奈子ちゃんと同じ中学だった子みたいで、かなり親しげな様子。

いきなりワイワイ盛りあがっていたので、私は話に入ることもできず、ただ横に立っておとなしくそれを聞いていた。

加奈子ちゃんは実は顔が広くて友達が多いから、こういうの、よくあるんだ。

それなのに、いつも私なんかと一緒にいてくれるんだから、本当にありがたい。

すると加奈子ちゃんがふいにこちらを振り返って申し訳なさそうに、「ごめんね、先に食券《しょっけん》買っててていいよ」って言ってくれて。だから私は言われたとおり、ひとりで先に食券を買いにいくことにした。

いつも即決《そっけつ》の加奈子ちゃんと違って、私は優柔不断《ゆうじゅうふだん》でメニューをすぐに決められないから、先に選《えら》んでおくくらいがちょうどいいのかもしれない。

メニュー見本が並んでいるコーナーへと歩いていく。

そこの前で五分ほど「う〜ん」と悩んだあげく、結局またいつものオムライスに決めた。

栄養《えいよう》バランスとかカロリーとか、いろいろ考えて迷ったんだけど、やっぱりオムライスが好きだから、ついそればかりたのんでしまうんだ。

食券の券売機《けんばいき》の前に来て千円札を入れると、さっそくオムライスのボタンを押そうとした。

えっと、たしかこのへんに……あった。

だけどその時、誰かが通りすがりに、私の肩《かた》に軽くぶつかってきて。

――ピッ！

「あぁっ！」

手を滑《すべ》らせた私はうっかり、押すつもりだったボタンとは別のボタンを押してしまった。

う、ウソ……。どうしよう。

でてきた券をあわてて取りだして、確認してみる。

なにを押しちゃったんだろう私……って、えぇっ⁉

〝カツ丼大盛り〟

まさかのセレクトに言葉を失う。

よりによって、こんな大ボリュームのメニュー。さすがに食べきれないよ。

でも、買いなおすなんてもったいないし、かといって食べきれずに残してももったいないし……なんて、食券を手に持ったままその場で途方《とほう》に暮《く》れていたら、ふとうしろから声をかけられた。

「へぇ。お前、カツ丼の大盛りなんか食うんだ」

「えっ！」

聞きおぼえのある声がしたので振り返ってみると、そこにいたのは、あの矢吹くん。

「意外と大食いなんだな」

そう言われて恥ずかしくなって、とっさに否定する。

「ち、違うのっ！　これは、押し間違えちゃって……」

「はぁー？　アホじゃん」

だけど、矢吹くんはあきれたように眉をひそめてそんなふうに言うので、私はますます自己嫌悪に陥《おちい》ってシュンとしてしまった。

なんだか矢吹くんにはこういうダメなところを見られてばかりな気がする。この前もそうだったし。

そりゃ彼だってあきれるよね。

「……で、本当はなにをたのむつもりだったの？」

すると彼は、なぜか急にそんなことを聞いてきて。

「え、えっと……オムライス」

私が小さな声でそう答えたら、「ふーん」なんて言いながら、財布《さいふ》の中から千円札をだして券売機に入れた。

そしてボタンを押して、食券を取りだすと、

「はい」

なぜか私に手渡してくる。

「……えっ？」

わけがわからないまま矢吹くんを見上げると、無表情のまま答える彼。

「俺がカツ丼食うから、お前はそれ食えば？」

「えぇっ！」

「オムライス、食いたかったんだろ？」

よく見てみると、その手渡された食券はオムライスの券だ。

……ウソ。信じられない。だから今、私に聞いてきたんだ。

思いがけない彼のやさしさに胸が熱くなる、と同時に申し訳なくなる。

「で、でも、悪いよっ……」

実際《じっさい》オムライスとカツ丼、値段《ねだん》はそんなに変わらないけれど、矢吹くんだって本当は、ほかに食べたいメニューがあったんじゃないのかな？

私のためにカツ丼になっちゃっていいのかな？

「べつに。食いきれなくて残すほうがもったいねぇし」

だけど彼はそう言って強引《ごういん》に私の手からカツ丼の食券をうばいとったので、私もそれ以上はなにも言えず、そのまま彼の善意《ぜんい》に甘えることにした。

「あ、ありがとうっ。矢吹くん……」

まさか彼がこんなにいい人だったなんて。ちょっと感激してしまう。

私がお礼を言うと、フッと少しだけ笑ってみせる彼。

その表情はいつもの意地悪な笑みとは違ってやさしくて、なんだかとても心があったかくなった。

なんだろう。イメージが少し変わっちゃうなぁ。

「えぇーっ、ウソ！　あの矢吹くんが！？」

学食のテーブルに座りながら、加奈子ちゃんに先ほどの矢吹くんの話をしたら、彼女もまたすごくおどろいていた。

しかもやたらと興奮《こうふん》している様子。

「それちょっとカッコいいんだけど！　やさしいんだけど！　なんかあの人のこと見直したかも～！」

言われてみればたしかに、さっきのはちょっとカッコよかったかもしれない。

まさか私も彼に助けてもらえるとは思わなかったし。

オムライスをいつも以上に味わって食べなきゃいけない気持ちになる。

「でもさぁ、それって絶対相手が蛍だからだよ。やっぱり矢吹くんは蛍のこと気に入ってるんだって」

加奈子ちゃんはまたしてもそんなことを言いだすし。

だけど、矢吹くんに限って、さすがにそれはないと思う。

彼って女の子に興味《きょうみ》がなさそうだし。

「そ、そんなわけないよっ。ただ、根がやさしいだけだよ」

「えー、そお？　でも矢吹くん、私が話しかけても冷たいよ？」

「そうなの？　私にも、いつもは意地悪だよ」

「いやいやいや、蛍には意地悪してるんじゃなくって、好きな子ほどいじめたくなるってやつだって！」

「そ、そんなまさかっ！」

「絶対、蛍のことが好きなんだって～！」

そう言ってニヤニヤしてる加奈子ちゃんはちょっと楽しそうだ。

「それは絶対にありえないよっ！」

私は必死で否定してみせたけれど、なんだか冷かされているみたいですごく恥ずかしかった。

思わず顔が熱くなってくる。

こんなふうに男の子のことでからかわれるのって、やっぱりなれないよ。

――ピタッ。

だけどそんな時、ちょうど火照《ほて》った顔を冷やすかのように、突然右頬になにか冷たいものがふれた。

「……っ？」

なにかと思って見てみたら、その冷たい物体《ぶったい》はなんと、紙パックのミルクココアで。

いったい誰が？

「よっ」

顔をあげると、見おぼえのある人物が笑みを浮かべながらこちらを見下ろしている。

ドンくさい私は、すぐに反応できない。

けれど、その姿を認識したとたん、あまりのおどろきに一瞬心臓がとまるかと思ってしまった。

だってだって……。

「そ、碧空くんっ⁉」

どうしてここに碧空くんがいるの？

私がビックリして固まっていると、碧空くんはへへっとイタズラっぽく笑ってみせる。

「学食に来たらさ、ちょうど蛍のこと見つけたから。これ、さっきのお礼」

そう言ってミルクココアを差しだす彼。キラキラの笑顔がまぶしい。

私は突然のサプライズに心拍数《しんぱくすう》が大変なことになっていたけれど、言われるがままそれを受けとった。

「えっ、あ、ありがとう……。でも、いいの？」

お礼なんて言うけれど、落とし物を拾って届けただけで、そんなにたいしたことしてないのに。

だけど、碧空くんはコクリとうなずいて。

「うん、ほんの気持ちだから。蛍、ココア好きだろ？」

その言葉にまた、胸の奥がきゅっとしめつけられた。

すごい。私がココアを好きなことも、彼はおぼえていたんだ。

わざわざそれを選んで買ってくれたんだと思うと、なおさらうれしい。くすぐったい気持ちになる。

「う、うん。おぼえててくれたんだ」

「おぼえてるよ。もちろん」

そう答える彼はやけに自信満々な様子だ。

やっぱり碧空くんは、私が想像していた以上に、私のことをいろいろとおぼえてくれているみたい。

もちろん、私だって彼のことは忘れたことがないけれど、彼もそうだったりするのかなぁなんて思ったら、胸が熱くなった。

ふと、あのネコのストラップのことをまた思い出す。

でもあれは、たまたまつけていただけかな。

「そういえばさぁ、蛍って……」

「あーっ！　ちょっと、碧空ーっ！」

すると、彼がなにか言いかけた瞬間に、向こうから甲高《かんだか》い声がして。

ハッとして振り返ったら、美希ちゃんや孝太くんを含《ふく》めた数人のグループが、こちらを見ながら手招《てまね》きしていた。

「なにやってんだよー！　ナンパかー？」

「もうっ、早く食券買わないと時間ないよー！」

そう言われて、あわてて私からはなれる碧空くん。

「ヤベっ、そうだった！　それじゃ悪い、またな！」

そしてそのまま彼は爽《さわ》やかに手を振ると、美希ちゃんたちのグループのほうへと駆けていった。

……行っちゃった。

それにしてもビックリ、どうしよう。

ほんの一瞬の出来事なのに、ドキドキと心臓が騒がしい。

ミルクココアを片手に、軽く放心《ほうしん》状態になる。

もう話すこともないかなぁ、なんて思ってたのに。彼のほうからまた話しかけてくれた。

碧空くんは今、なにを言いかけたんだろう。気になるよ。

そしたらそんな一部始終《しじゅう》をだまって見ていた加奈子ちゃんが、ようやく口を開いた。

「ね、ねぇ。今の……なに？」

そう言われてハッとする。

「蛍って、あの碧空くんと知り合いだったの⁉　いつから？　しかもなんか、呼びすてされてたよね？　どういう関係⁉」

「……っ。あ、えーと……」

ヤバい。なんて言おう。

でも、加奈子ちゃんがそう問いたくなるのもムリはない。

だって私は今まで一度も彼女に碧空くんの話を自分からしたことがなかったし、つきあっていただなんてことは、うちの高校の誰にも言っていない。

幸《さいわ》い今の学校には、私の通っていた中学出身の人がほとんどいないからバレなかったけれど、加奈子ちゃんになにも言わないのはよくなかったかな。

今までも何度か碧空くんのことが話題《わだい》になったことはあったのに。

でも、やっぱりどうしてもつきあっていたことは言えないというか、碧空くんのためにも勝手に話したらいけないような気がする。

だから一瞬悩んだあと、知り合いだということだけ話すことにした。

「じ、実はね……碧空くんと私、同中なの」

「えぇっ！　そうだったの⁉」

「うん……。中二の時に同じクラスになったことがあって、それで話すようになって。今のは、昨日駅で私が碧空くんの落とし物を拾ったから、さっき届けにいって、そのお礼にこれをくれたみたいで……。い、今までだまっててごめんね」

私が申し訳なさそうに話すと、加奈子ちゃんは「へぇー」と言いながら目を丸くする。

だけど、まったく嫌そうな顔をされなかったので、ホッとした。

やっぱり加奈子ちゃんはとてもいい人だ。

こんなことならもっと早く知り合いだって言えばよかったなぁ。

「すごいや～。そんな接点《せってん》があったんだ。碧空くんと知り合いとか、ちょっとうらやましい。さっきのやりとりを見てたら、やけに親しい感じだったからさぁ、ビックリしたよ」

「えっ。そ、そうかな？」

「うん。なんかつきあってるみたいだった」

「えぇ～っ⁉」

ドキッとすることを言われて、あわてる私。

ウソ、今のやりとりがそんなふうに見えたのかな？

「碧空くんってフレンドリーな感じだから、誰にでもああなのかな？　ほっぺにジュースをピタッとかさ。なかなかやらないよね～。素《す》でやってるんだったらすごいわ。実は天然のタラシなのかねぇ」

「あ、あはは……」

そう言われてなんとも言えない恥ずかしい気持ちになったけれど、たしかに加奈子ちゃんの言うとおりかもしれないと思った。

元カノとはいえ、今はなんでもないただの知り合いなのに、あんなふうにされるとは思ってもみなかったな。

昨日も普通に頭をポンって触《さわ》られたし、つきあっていた頃と距離感がぜんぜん変わってないっていうか。

ほかの女の子と接する時もそんな感じなのかな？

たとえば、美希ちゃんとかに対しても……。

中学時代はどうだったっけ？

さすがにそこまでくわしくは思い出せなかったけれど、誰にでもあんなふうにしてるのかなって思ったら、少しだけモヤモヤした。

ヘンなの、私。なに考えてるんだろう……。

彼は救世主《きゅうせいしゅ》

碧空くんと出会ったのは、中学の頃。

中二の時初めて同じクラスになったけど、最初はまったく関わりがなかった。

碧空くんは一年生の頃からみんなの人気者で、女子にもすごくモテると有名だった。

対して私はとくに目立つわけでもなく、友達もあまりいなくて、陰《かげ》でひっそりと過ごしていたような感じで。

いつも大勢《おおぜい》の人に囲まれて、キラキラしている彼のことを、どこか遠い世界の住人のように思っていた。

関わることなんて、きっとないだろうって。

男の子は苦手だったし、一部の女子から私は嫌われていたから、その子たちの視線がこわくて近寄《ちかよ》れなかったし……。

そんな私が碧空くんと話すようになったのは、ある出来事がきっかけだった。

「おーい、女子。声ちっさいぞー！　そんなんじゃ合唱《がっしょう》コンクール負けちまうからなーっ。もっと腹から声だせよー！」

中学二年生の六月。

文化祭《ぶんかさい》を目前《もくぜん》にして、放課後にクラスみんなが合唱コンクールの練習に励《はげ》んでいた時のこと。

担任の松岡《まつおか》先生から、女子たちがダメ出しを食らった。

「はい、じゃあもう一回いきまーす」

何度も何度も歌いなおしをさせられて、それでもやっぱり先生のダメ出しはとまらない。

「あのなぁ、真面目《まじめ》に歌うのダサいとか思ってる奴《やつ》いるのかもしんねーけどな、不真面目なほうがカッコ悪いと思うぞ、先生は。もっと全員が心をひとつに！　全員がやる気をだす！　なっ！」

体育会系で暑苦《あつくる》しいタイプの担任だったので、どんどん説教もヒートアップしてきて、みんなもだいぶおつかれの様子。

その日は一時間以上練習しても、なかなか帰してもらえなかった。

「はぁ、ダメだこりゃ。ちょっと先生ぬけるから、その間は指揮者《しきしゃ》の柊木、たのんだぞ。もどってくるまでしっかり練習しとけよ」

そう言い残して先生が教室からでていったとたんに、不満の声が次々と漏れる。

「もーつかれた〜。帰りたーい」

「ダルーい。合唱とかどうでもいいし」

「そこまでガチでやる意味あんの？」

とくにうちのクラスは派手《はで》で気の強いタイプの女子が多かったので、その子たちは終わりの見えない練習にかなりイラついてる様子だった。

「はい、じゃあもう一回だけいこうぜ！」

クラスのムードメーカー的存在で、指揮者をまかされていた碧空くんがみんなに声をかけ、もう一回歌いなおす。

だけど、やっぱり女子の声があまりでていなくて。

「女子、声ちっさい」

「これじゃまた帰れねーよ」

今度は男子たちがヒソヒソと女子の文句《もんく》を言いはじめる。

嫌な雰囲気《ふんいき》だなぁと思っていたら、その時一番前の列で歌っていた私に、クラスで一番派手なリーダー的存在の女子碓井《うすい》さんと、その友達の飯田《いいだ》さんが、うしろから声をかけてきた。

「柏木さんの声、マジ聞こえないんだけど」

「柏木さんがいるからダメなんじゃないのー？」

そう言われて、ビクッと体が震える。

「え、そ、そんな……」

たしかに私はもとから声が小さいけれど、自分では一生懸命《いっしょうけんめい》歌っていたつもりだったので、その言葉はとてもショックだった。

「そのウィスパーボイスどうにかなんないわけー？」

「恥ずかしがってないで歌いなよ」

なぜか急に言いがかりをつけられて、責《せ》められる。

もとから碓井さんたちは私のことが気に食わないみたいで、よくイヤミを言ってきたりはしていたのだけど、こんなふうにみんなの前でダメな原因《げんいん》のように言われてしまうのは、なおさらつらかった。

思わずじっとうつむいて、だまりこむ。

こわくてなにも言い返せない。

それに、私の声が小さいのは事実だから、なにも言えない。

まわりの女子はみんな碓井さんたちがこわいから、反論なんてしないし、助けてくれるほど仲のいい友達もいない。

「ねぇ、なんか言いなよ」

問いつめるようにそう言われて、じわじわとこみあげてくる涙を必死にこらえながら謝ろうとする。

「……っ、あ……」

だけど、震えて声がうまくでてこなくて。

そんな時、すぐそばからある人の声がした。

「俺には、柏木さんの声聞こえてたよ」

……えっ。

ドキッとして顔をあげると、そこにはなんと、指揮者の碧空くんが険《けわ》しい表情で立っていて、碓井さんたちをしっかりと見据《みす》えていた。

一瞬にしてその場がシーンとなる。

「柏木さんはすごく真面目に歌ってた。それより、口パクしてる奴が恥ずかしがらずにちゃんと歌ったほうがいいと思う。俺から見ると、わかるよ」

その言葉に再びざわつくクラスメイトたち。

「おいー、口パクしてる奴って誰だよ～」

「ウソ。碧空くんが怒ったぁ……」

いつもニコニコしてて温厚《おんこう》な碧空くんが、めずらしくきびしい口調《くちょう》でそんなふうに言うものだから、みんなとてもおどろいていた。

私はおどろきと感激のあまり、そのまま目を見開いて固まる。

あの人気者の碧空くんが、ほとんど話したこともない私なんかのことをかばってくれたという事実《じじつ》が信じられなくて。

だけどうれしくて、今度はべつの意味で泣きそうになった。

碓井さんたちも、碧空くんに言われたとたん、急にバツが悪そうな顔をして、だまったまま下を向く。

するとそこで、碧空くんが急にパンパンと大きく手を叩いてみせて。

「たしかにさぁ、松岡ムダに暑苦しいし、練習ダルいかもしんねーけどさ、せっかくなら勝ちてぇじゃん。合唱コン。みんなでやる気だしてがんばろうぜ！　嫌々やって終わるより、いい思い出残したいじゃん！」

碧空くんがそう言うと、場の空気がガラッと変わる。

「松岡が帰ってきたら一発でOKもらえるよう、とにかく声だしてこう！　なっ？　ってことで、もう一回がんばろ！」

たぶん、こんな状態でこんなことをほかの人が言っても、誰も聞かなかったんじゃないかと思う。

だけど、碧空くんが言うと、そうじゃない。不思議とクラスがまとまる。

そして、そのあとの練習からみんな少しずつ声をだすようになり、いつの間にか真剣《しんけん》に歌うようになって、松岡先生が帰ってきた時にはかなりうまくなっていてビックりされた。

「なんだお前ら、やればできるじゃねーか！」なんて言われて、本当に一発ＯＫで帰してもらえたんだ。

それもきっと、全部、碧空くんのおかげ。

あらためて彼はすごいなぁって思った瞬間だった。

練習が終わったあと、クラスメイトの大半がいなくなった教室で、私は碧空くんのことを呼びとめた。

どうしても、さっきのお礼が言いたくて。

話しかけるのはとても勇気がいったけれど、そのままなにも言わずに帰るなんて、とてもできなかった。

だって彼はまるで、突然あらわれた救世主のようだったから。

「あの、ひ、柊木くんっ！」

「おう柏木、おつかれ。どうしたの？」

「あ、あの……っ。あのね、えっと……」

だけど、いざ彼を前にすると緊張しすぎて、やっぱりすぐには言葉がでてこない。

モゴモゴしながらうつむいていたら、どんどん頭が真っ白になってきて、しまいにはなにを話していいかわからなくなってしまった。

ただ、「ありがとう」って言いたかっただけなのに。

どうしていざとなると言葉がでてこないんだろう。

だけどそんな私を前に、碧空くんは嫌な顔ひとつせず、ただだまって待っていてくれた。

私が口ごもってしまったので、「だいじょうぶ。ゆっくりでいいから話して」なんて言ってくれて。

まるで私が口下手なのを、最初から知っているかのようだった。

どうしてこの人はこんなにもやさしいんだろうと思う。

人気者で、いつもクラスの中心にいて、みんなにチヤホヤされていて。それなのにぜんぜん気取ったり、偉そうにしたりしないんだ。

こんな地味で目立たない私にまで親切にしてくれる。

「さ、さっきは……本当にありがとうっ」

やっとのことで私がお礼を口にしたら、彼はニッコリと笑ってくれた。

そのまぶしい笑顔にドキンと胸が高鳴る。

「いや、あれは俺がだまってられなかっただけだから。真面目にやってるのに誤解されるのとか、嫌じゃん」

そんなふうに言ってくれる碧空くんはさすが、正義感が強いというか、人間ができているというか。見た目だけじゃなくて、人としてカッコいいなって思う。

この人がモテる理由がなんとなくわかった気がするなぁ。

「あの、すごく……うれしかった、です」

だから、ありったけの感謝の気持ちを伝えたくて、照れながらもそう口にしたら、彼は一瞬目を見開いてから、はにかんだように笑った。

「いやぁ、そう言われると、俺もうれしいです……なんて。へへっ」

マネするように言われて、恥ずかしくなると同時に笑みがこぼれる。

「ふふっ」

思わず一緒に笑ったら、なぜかお互いとまらなくなってしまい、しばらくクスクスとふたりで笑っていた。

「あははっ」

なんだろう、楽しい。

近寄りがたいと思っていた碧空くんと、こんなふうに話せるなんて。笑いあえるなんて。

夢でも見ているみたいだなぁ……。

男の子はずっと苦手だと思ってた。

自分から興味をもったことはあまりなかった。

だけど、彼だけは初めて、少し近づきたいと思ってしまった。

素敵な人だなって。もっと話してみたいなって。

もっと、彼のことを知りたいなって——。


そう。それが彼と話すようになった最初のきっかけで。

その後《ご》、そんな彼と親しくなって、まさかつきあうようになるなんて、思ってもみなかったんだ。

こんな自分が、碧空くんの彼女になれるなんて……。

でも、そんな夢のような日々は、長くは続かなかった。

私の心が弱かったから。私が逃げてしまったから。

彼のことをひどく傷つけてしまった。

それなのにどうして、また笑いかけてくれるの？

こんな私にまた、やさしくしてくれるの？

碧空くんは今、私のことをどう思ってるんだろう。

私たち、友達としてまたやり直せるのかな？

水曜日の帰り道

「蛍、準備《じゅんび》できた？」

「うん」

加奈子ちゃんが、化学《かがく》の教科書《きょうかしょ》とノートを手に持って声をかけてくる。

今日は一時間目から教室移動なので、さっそくふたりで教室をでて理科室へと向かった。

「一時間目から実験《じっけん》かぁ。やだな〜」

「ほんとだねぇ」

なんて渋い顔で会話をしながら一組の前を通ると、なにやらいつも以上ににぎやかな声がする。

すると突然、となりにいた加奈子ちゃんが大声をあげた。

「……あっ。きゃーっ、ウソッ！　結城先輩がいるっ！」

「えっ」

言われて見てみたら、本当に先輩がそこにいて。一組のドアの前で、サッカー部の人たちと輪《わ》になって楽しそうに話しているところだった。

その中にはあの美希ちゃんや孝太くん、そして碧空くんの姿もある。

「やだ～、朝から見れるとか感激！　碧空くんたちに会いにきたのかな？」

「そうみたいだね」

サッカー部のメンバーは、学食でもよく一緒にいるのを見かけるけれど、学年関係なくみんな仲がよさそう。

私はついまた碧空くんのほうに目がいってしまったけれど、ジロジロ見ていると思われてもいけないので、あわてて視線をそらした。

照れることなくひたすら先輩に視線を送り続ける加奈子ちゃんは、本当にすごいなって思う。

私ってば、相手やまわりからどう思われるかばかり気にしちゃうからなぁ……。

そんなことを考えながら、楽しそうな輪の横を通りすぎる。

すると、その時急にうしろからトンッと誰かに肩を叩かれた。

「えっ？」

振り返るとそこには、まぶしいほどの碧空くんの笑顔。

「おはよっ！」

まさか声をかけられるなんて思ってもみなかったので、一瞬何事かと思って固まってしまった。

「おっ……おはようっ」

ドキドキしながら自分も挨拶《あいさつ》を返す。

そしたら彼はニコッと笑ってくれて。

「教室移動？」

「うん」

「そっか、がんばれ」

「あ、ありがとうっ」

「またなっ」

「うん、またね」

本当にそれだけの会話だったけれど、朝から心拍数が急上昇《きゅうじょうしょう》してしまった。

どうしよう。学校で挨拶なんてされたの初めてだよ。

私が通りかかったのに気がついてくれたんだ。

いつの間にか、普通の友達にもどったみたいでうれしくて、思わず顔がほころぶ。

そしたらそのとなりで加奈子ちゃんが、もっと大よろこびしていて。

「み、み、見た～⁉　今の！」

「えっ？」

「今ね、私が結城先輩を見つめてたらね、目があってね！　そしたら笑いかけてくれたのーっ！」

「え〜、ウソッ！」

すごいっ、加奈子ちゃん。

「夢みたい！　私のことおぼえてくれたのかな？　それともたまたまかなぁ？」

うれしそうに話す彼女の姿を見ていると、なんだか自分までうれしくなってくる。

「すごいね！　いつも見てるからおぼえてくれたのかもしれないよ。よかったね！」

「うん！　もう私、これで今日一日がんばれちゃう！」

加奈子ちゃんの笑顔がキラキラと輝いて見える。

さっきまで実験が嫌なんてぼやいていたはずなのに、不思議。

あらためて恋のパワーってすごいんだなぁって思った。

――キーンコーン。

化学の授業を終えたあとは、再び加奈子ちゃんと一緒に教室へともどる。

加奈子ちゃんは相変わらず上機嫌《じょうきげん》で、朝の結城先輩のスマイルがかなり効いているみたいだった。

「ふふ、また一組に来てないかな〜。お昼休み、学食でも会えたらいいな」

「うん、また会えるといいね」

だけど、話している途中でハッとする。

あれ？　私、そういえばやけに荷物《にもつ》が軽いような……。

そう思って確認すると、なぜかノートと教科書しか手に持っていない。

ウソ！　なんで？

どうやら理科室にペンケースを忘れてきてしまったようだった。

やだ、私ったらなにやってるの。バカだよ。

「ご、ごめん！　加奈子ちゃん、ちょっと先もどってて！」

「えっ？　どしたの？」

「理科室にペンケース忘れちゃったから、取りにいってくる！」

加奈子ちゃんにそう告げ、急いで来た道を引き返す。

相変わらずの自分の間抜けさにあきれてしまった。

忘れ物に落とし物、そんなのばっかりだよ……。

小走りで再び理科室へと向かう。

すると、その途中で急に声をかけられた。

「あれ？　蛍。どうした？」

誰かと思えば、さっきも顔をあわせたはずの碧空くんだ。

ビックリした。今日はよく会うなぁ。

「あ、えっと、理科室にペンケースを忘れちゃって……」

恥ずかしいと思いながらもわけを話したら、碧空くんはそんな私を見てクスッと笑いだした。

「ははっ、マジかよ。蛍らしいな」

「えっ！」

私らしい、だって。

「俺も今から理科室行くとこだよ」

「ウソ、碧空くんも？」

「うん。一緒に行く？」

なんて、たいした距離でもないのにそんなふうに言ってくれて。

「う、うんっ」

いいのかな？　一緒になんて……。

でも、正直うれしい。

碧空くんのひとつひとつの言葉に、心が反応してる。

こうやって、当たり前のように会話していることが、いまだに信じられなくて。

数日前まではまったく話さなかったのに、いつの間にこんなふうになったんだろう。

「あ、そういえばさ、この前聞き損ねたんだけど、蛍って図書委員だったよな？」

歩きながら、ふいに碧空くんが尋《たず》ねてきた。

「あ、うん。そうだよ」

あれ？　聞き損ねたってことは、もしかしてこの前学食で言いかけてたのって、これかな？

「委員会の仕事って、毎日あるの？」

「えっ？　えっと……ううん、水曜日だけ。毎週水曜日が、私の当番なの」

「へぇー、そうなんだ。水曜日か」

「………」

だけど、妙《みょう》に納得したように言うものだから、気になる。

どうして急にそんなことを聞くのかな？　私の図書委員の当番の日なんか……。

不思議に思いながら、ぼんやりと彼のほうを見つめ返す。

そしたら碧空くんは目があった瞬間、少し焦ったように視線をそらして、また話しはじめた。

「あーいや、俺マジでバカだからさ。たまには本でも読もうかなーなんて思って」

「えぇっ！　バカなんて、そんなことないと思うよっ」

「ははっ、そんなことありまくりだって。蛍だって俺がバカなの知ってるだろ？　今でもうちの学校受かったのが奇跡《きせき》だと思ってるし」

そう言って頭をかきながら、恥ずかしそうに笑う彼。

「そ、そんなっ、奇跡なんかじゃ……」

でも、言われてみればたしかに、碧空くんがうちの学校を受けたのは意外だった。

住んでいる地区《ちく》からも遠いし、県内でも偏差値《へんさち》高めの進学校だし。

碧空くんが勉強苦手なのは、私も知ってる。

きっと、受験勉強をかなりがんばったんだろうな。偉いなぁ。

そんなことを考えながら歩いてたら、突然目の前に誰かが立ちはだかってきた。

「おい、バ柏木」

同時になにかで頭をビシッと叩かれる。

「ひゃっ！」

ば……かしわぎ？

誰かと思って顔をあげたら、そこにいたのはまさかの矢吹くん。

しかも、彼が手に持っているのは……私のペンケース⁉

「これ、お前のだろ。忘れてんぞ」

そう言って手渡してくれる彼。

どうやら彼は、私がペンケースを忘れたのに気がついて、わざわざ持ってきてくれたみたいだった。

「あ、うんっ。そう、私のです。ありがとうっ」

わあぁ、ビックリ。私のだってよくわかったなぁ。

お礼を言って受けとると、矢吹くんはいつもどおりあきれたような顔をする。

「ったく、ほんとお前ぬけてるよな」

「ご、ごめんなさい……」

またドジなところを見られちゃった。

彼の言うとおり、毎回こんなドジばかりで恥ずかしい。

だけどこうやって届けてくれるなんて、やっぱり彼はやさしい人なんだなって思う。

「おぉ、よかったじゃん。ペンケースあって」

となりでその様子を見ていた碧空くんが声をかけてくる。

「う、うん。よかった」

「それじゃ俺はこれで。またなっ」

そして、それだけ言うと、自分はもう用がすんだとでも言わんばかりに、ヒラヒラと手を振ってそのままササッと理科室へと歩いていってしまった。

「あ、うん。ありがとうっ！」

……行っちゃった。

話の途中だったのもあって、ちょっとだけ名残惜《なごりお》しいような気持ちになる。

それでも昨日に続き、普通に会話できたことがうれしくて。

彼との間に気まずい空気はもうない。

今さら話しかけちゃいけないとか、近寄りがたいとか、そういう思いもいつの間にか消えたような気がする。

碧空くんはべつにもう、昔のことは気にしてないのかな。私がひとりで気にしてただけなのかな。

すると、あれこれ考えながらボーっとする私の横で、矢吹くんがひとこと。

「おいっ、バ柏木」

「えぇっ！」

またバ柏木って言われた……。

〝バカな柏木〟って意味かな？

「早くもどんねぇと、チャイム鳴る」

「あ、うん……わっ！」

そして、彼はそこで急に私の手首をガシッとつかんだかと思うと、そのまま強引にひっぱって歩きだした。

えぇっ、どうしよう。なにこれ……。

なんだか手をつないでいるみたいで、ちょっとドキドキしてしまう。

どうして私まで一緒に連れていってくれるのかはわからないけれど。

矢吹くんはいつだって口調は意地悪だけど、なぜか行動はすごくやさしいんだ。

ペンケースもわざわざ持ってきてくれたし。

やっぱり、根はすごくいい人なのかもしれないな。


「それじゃ蛍、委員会がんばって！」

「うん、ありがとう」

水曜日の放課後、加奈子ちゃんにバイバイすると、いつものようにひとりで図書室へと向かった。

図書室のドアを開け中に入ると、誰もいない。

カウンターの前に腰掛けて、日誌を書く。

もうひとりの当番の子は、今日もまた来ないようだった。

委員会なのに堂々《どうどう》とサボってしまえるのはすごいなぁって思う。

ますます私が休むわけにはいかなくなる。

そのまましばらくカウンターに座っていたけれど、本を借りていく生徒はほとんどいなくて、途中からいつもの本の返却作業をすることにした。

そういえば、碧空くんは来なかったなぁ……なんて、そんなことぼんやりと考えたりして。

この前、図書委員の当番の曜日を聞かれたりしたものだから、てっきり本でも借りにくるのかな、なんて少しだけ期待してしまった。

バカだなぁ、私。あんなのただの気まぐれかもしれないのにね。

最近ずっと、気がついたら碧空くんのことばかり考えてる。

この前一緒に帰って以来、私たちはすっかり友達みたいになった。

碧空くんは会えば挨拶してきたり、話しかけてきたりする。まるで中学時代にもどったみたいに。

私はずっと、碧空くんにはひどいことをしたと思ってたし、もう話しかけてもらえないと思ってたから、こうやって普通に話せる日が来てすごくホッとしたし、友達にもどれたことがうれしくてたまらないんだ。

碧空くんは、ちっとも変わっていなかった。

すごくやさしくて、あったかくて、大好きだったあの頃のままで。

あの日、自信がなくて、まわりにおびえて、その手をはなしてしまったのは私。

本当は好きなのに、「別れてほしい」と言って、彼を傷つけたのは私。

あの時の碧空くんのとっても悲しそうな顔は、今でもおぼえている。

だけど彼は今再び、こんな私に笑いかけてくれる。

私はずっとそのことが心残りだったけれど、彼のなかではもう、私との過去は完全に消化《しょうか》できているのかもしれない。

そうなのだとしたら、これからはもう罪悪感《ざいあくかん》なんてもたずに、普通に友達として仲良くしてもいいのかな。

もちろん、今でも彼のことが気にならないなんて言ったらウソだけど。

友達以上の関係なんて、もう望んだりはしないから……。

閉館時間になると、図書室を閉め、鍵を職員室に返してから下駄箱に向かった。

水曜日のこの時間にひとりで帰るのはいつものことだけど、やっぱり少し心細い。

誰もいない下駄箱で靴を履きかえ、外にでる。外の空気は昼間とは違い、少しだけひんやりしている。

暗くなる前に早足《はやあし》で駅まで行こう、そう思って一歩踏みだした時だった。

「あっ、やっぱり来た」

どこからともなく聞こえてきた声。それも、聞きおぼえのある声にドキッとする。

おどろいてうしろを振り返ると、そこにはまさかの人物が、キラキラの笑顔を浮かべながら立っていた。

……ウソ、碧空くん。

なんで、彼がここに⁉

「えっ、そ、碧空くん！　なんでっ……」

おどろきのあまり声が裏返りそうになる。

だけど、碧空くんはそんな私を見ながら、はにかんだように笑ってみせた。

「帰り、またひとりなんじゃないかと思って」

「えっ……」

信じられなかった。

もしかして、彼は待っていてくれたのかな？　私が今日図書委員で残ってたから。

でもそんなの、うぬぼれすぎ？

「ま、待ってて……くれたの？」

おそるおそるたしかめるように聞いてみる。

すると彼は、少し照れたように口に手を当てながらも、コクリとうなずいた。

「うん。って言っても、俺も今日自主練してたからさ。そのついでっつーか、まぁ」

わぁ、本当なんだ。どうしよう。

もしかして、この前私が水曜日当番だって教えたから、わざわざ？

「あ、ありがとう。碧空くん」

うれしくて、思わず目が潤《うる》んでしまいそうになりながらも、お礼を言う。

そしたら碧空くんは少しだけ頬を赤らめたかと思うと、いつものように眉を下げながら笑った。

「いや、帰り道ひとりじゃ危ないし。心配だったから」

あぁ、ウソ。心配してくれたんだ。私のこと。

どうしてそんなにやさしいんだろう。

どうして今さら、私にこんな親切にしてくれるのかな。

胸の奥からじわっとなにか熱いものがこみあげてくる。

忘れかけていた気持ちがよみがえる。

彼のやさしさに、こんなふうにいつもドキドキしていた自分がいたことを思い出して、なんとも言えない甘酸《あまず》っぱい気持ちでいっぱいになった。


『扉が閉まります。降り口付近の方は、はさまれないようご注意ください』

アナウンスとともに、プシューッと電車のドアが閉まる。

学校の最寄り駅までつくと、私と碧空くんは一緒に下《くだ》りの電車にのりこんだ。

車内は混雑《こんざつ》していて、帰宅《きたく》途中らしき人たちであふれている。

この時間帯は人が多いので、いつものっている電車と比べても混んでいるのだけれど、それにしても今日はやけにいっぱいな気がした。

　つかまるところが近くになくて、少し焦る。

　だけど、碧空くんに寄りかかるわけにもいかないので、ガタゴトと揺れる車両《しゃりょう》の中で、よろけないように必死で足を踏んばっていた。

「混んでるなー、今日」

「ほ、ほんとだね」

「人が多いから暑いな」

　碧空くんはそう言うと、首もとに手をやり、ネクタイの結《むす》び目を下にひっぱる。

　背の低い私からは、ちょうど目の前に碧空くんの鎖骨《さこつ》あたりが見えて、思わずドキッとしてしまった。

　やっぱり、背が高いなぁ。昔よりもっと背が伸びた？

　それに体つきとか、ますます男らしくなったような気がする。

　って、やだ私ったら、なにジロジロ見てるんだろう。

　それにしても近いな……。

　まわりに人が多いから、自然と彼のそばに寄るしかなくなってしまう。

　こんなふうに意識してるのなんてきっと私だけだろうけど、ふれそうでふれないこの距離が少し恥ずかしかった。

——ガタンッ！

するとその時、急に電車が大きく揺れて。

「……きゃっ！」

まわりの乗客《じょうきゃく》に押されバランスを崩《くず》した私は、そのまま目の前に立っていた碧空くんのほうへと倒《たお》れこんでしまった。

とっさに彼のワイシャツをギュッとつかんだと同時に、胸に顔がぶつかる。

「だいじょうぶか？」

碧空くんは心配そうに聞いてくれたけど、私は恥ずかしさのあまり全身がかぁっと熱くなった。

わあぁ、どうしよう。思いきりしがみついちゃった。

「う、うん。ごめんねっ」

なんだか申し訳ない気持ちでいっぱいになって、あわててはなれようと体を起こす。

だけどその瞬間、また電車がガタンと大きく揺れて。

「わっ！」

またしてもよろけてしまった私の背中を、今度は彼の片手がそっと支《ささ》えてくれた。

……えっ？

「いいよ。危ないから俺につかまって」

そのままぎゅっと抱きよせられるようにして、彼の胸に顔をうずめる私。

ウソ、どうしようっ。なんか……。

まるで片腕で抱きしめられているような体勢に、ドキドキしすぎて心臓がどうにかなってしまいそう。

碧空くんの体温が、シャツ越しに伝わってくる。

ドクンドクンと心臓の音が聞こえてくる。

心なしか彼の鼓動《こどう》も少し速くなっているような気がしたけれど、それ以上に自分の鼓動が速すぎて、よくわからなかった。

碧空くんの体は細いけれど、こうしているとやっぱりたくましくて、男の子って感じがする。

ほんのりと碧空くんの匂《にお》いがして、それにまたドキドキして。

だけどなぜだろう。妙に落ち着くというか、安心するんだ。

なつかしくて、心地よくて、ずっと身をゆだねていたいような、そんな気分になる。

こんな体勢恥ずかしくてたまらないはずなのに、心のどこかで「このままでいたい」なんて思っている自分がいた。

やっとのことで電車から降りると、外は少し暗くなっていた。

「うっわー、外涼《すず》しい！」

碧空くんはさっきまで蒸《む》し暑い電車の中にいたせいか、ようやく外にでられたとでも言わんばかりに両手をあげて伸びをしている。

たしかにギュウギュウの車内は本当に暑かったし、息苦しいくらいだった。

だけど、私にとってはそれよりも、碧空くんにずっと密着《みっちゃく》していたことのほうが一大事で。いまだに鼓動がおさまる気配《けはい》がない。

だって、まるでずっと抱きしめられているみたいだったから。

あんなのただのアクシデントだし、碧空くんにとってはべつになんでもない出来事なのに、私ったらひとりで動揺しすぎだよね。

改札《かいさつ》を一緒にぬけて、階段を下りて駅の外に出る。

駅前の広場には、近くの私立高校の制服を着た男の子の集団がいて、輪になって楽しそうに騒いでいた。

その横を碧空くんとふたりで通りすぎる。

すると突然、うしろから声をかけられて。

「あれって、もしかして碧空じゃね!?　おーい！　碧空〜！」

「うわ、ほんとだ！　しかもとなりにいるのって……柏木蛍じゃん‼」

なぜか私の名前まで呼ばれてドキッとする。

しかもこの声、どこかで聞いたことがあるような……。

おそるおそる振り返ってみると、そこにはなんと中学時代の同級生の男の子ふたりが、ニヤニヤした顔で手を振りながら立っていた。

さっきの男の子たちの集団の中にいたみたい。

「あ、やっぱりそうだ！」

「なにしてんだよお前ら～」

名前はたしか、小林《こばやし》くんと中村《なかむら》くん。

ほとんど話したことはないけれど、元サッカー部の人たちだから、顔は知っている。

ふたりとも背が伸び、髪を染《そ》めてだいぶ雰囲気が変わってるけど。

「おお、コバに中村じゃん！」

彼らと同じサッカー部だった碧空くんは、ふたりを見つけたとたん、笑顔で駆けよっていった。

そのうしろからひっそりと自分もついていく。

なんか、恥ずかしいなぁ。

「なんだよ、久しぶりだなー！　なにやってんの？」

「なにって部活の帰りよ～。碧空もだろ？　あ、違うか。デートか」

えっ、デート⁉

「なっ！　べつにデートじゃねぇよ」

「っていうかさ、マジビビったんだけど！　お前らいつの間にヨリもどしたん⁉」

「えっ？」

急に中村くんが思いがけないことを聞いてきて、思わず目を見開く私。

どうしよう。誤解されてる。

ふたりは私たちが中学時代つきあっていたことを知ってるから、そう思ったのもムリはないのかもしれないけれど。

なんか、気まずいなぁ……。

ハラハラした気持ちになる。

私がなにも言えずにだまっていると、碧空くんが少し困ったように笑いながら答える。

「いや、違うから。そういうのじゃないって。ただ帰りが一緒だっただけ」

「なんだー、違うのかよ～」

「えーっ、アヤしい～。ほんとはお前らまたつきあってんじゃねぇの？」

「はっ、違うって」

「ウソつけ～」

「いや、マジだから」

からかうように何度も聞いてくる彼らに対して、何度もハッキリと否定してみせる碧空くん。

それはただ本当のことを言っているだけなのに、聞いていてなぜか少しだけ胸がチクッと痛んだ。

どうしてだろう。ヘンなの、私。

「えー、でもおかしくね？　じゃあなんでこんな時間にふたりで帰ってんだよ〜。なにしてたわけ〜？」

それでもニヤニヤしながら中村くんはしつこく聞いてくる。

すると、碧空くんはさすがに嫌気が差したのか、少し声を荒《あら》らげてみせて。

「だーかーらー、つきあってねぇのはマジだから！　ただ俺が、蛍と一緒に帰りたかっただけだよ！」

……えっ⁉

「うっわ〜、なにそれ！」

「ヒューッ！　熱いね！」

「つーことで、またなっ！」

そしてそう言い放《はな》つと、私の腕をギュッとつかんで、そのまま彼らのもとから逃げだすようにスタスタ歩きだした。

わぁ、なに今の……。

思いがけない彼の発言に、ドキドキがおさまらない。顔が火照ったように熱い。

今のは、私と一緒に帰りたかったっていうのは、本当なのかな？

それとも中村くんたちから逃《のが》れるために言っただけ？

わからないけど、どうしよう。うれしいよ。

自転車置き場の前まで来ると、立ちどまる碧空くん。

そこでようやく私の腕をはなしてくれた。

「はー、ごめん。アイツらしつこくて」

「ううんっ。そんな、碧空くんが謝ることじゃないよ」

「いやー、絶対つっこまれるとは思ったけどさ。俺はべつに誤解されてもいいけど、蛍は困るよな。ごめん」

「えっ……」

その言葉に思わず目を丸くした。

なにそれ。碧空くんは、誤解されても平気なの？

それに、私は困るだなんてことは……。

「そ、そんなこと、ないよ！」

「え？」

碧空くんはたぶん私が、ヨリをもどしたと思われるのが嫌だと思ったんだろう。
だからあんなに必死で否定してくれたんだ。
でもべつに私は、嫌だとか、困るだなんて思ってないから。
「わ、私もべつに、平気だからっ。気をつかってくれて、ありがとう」
私がそう言うと、目を見開いて数秒間だまる碧空くん。
だけど次の瞬間、フッとやさしく笑うと、照れくさそうに右手で頭をかいた。
「いや、気をつかったっていうか、一緒に帰りたかったのは、ホントだし」
……えっ。
「じゃなきゃ、待ってたりしないよ」
サラッと告げられたその言葉に、一瞬耳をうたがった。
顔がかぁっと熱くなって、心臓がまたドクドクと鼓動を速める。
ねぇ、どうしてなの？
どうして彼はそんなことを言うんだろう。
碧空くんはもしかしてホントに、私と一緒に帰りたいから待っていてくれたのかな？
なんかまるで、それって……。
ふと自分のなかに、うぬぼれのような感情がわいてくる。

だけど私は、あわててそれをぐちゃぐちゃとかき消した。
そんなわけ、ないよね。まさかね……。

第二章

元カノってどんな子？

「ウエイトレスの衣装試着《いしょうしちゃく》する人ー！」

「ねぇ、誰かガムテープ貸《か》してー！」

六月なかば、文化祭の準備期間に入ると、放課後の教室が一気ににぎやかになった。

みんなで居残《いのこ》って看板《かんばん》作りをしたり、衣装合わせをしたり。

うちのクラスは焼きドーナツのお店をだすことになって、いろいろ役目《やくめ》があるなかで、私は調理係《ちょうりがかり》を担当することになった。

「蛍もウエイトレスやればよかったのに〜」

「ううん、私は裏方《うらかた》でいいよ」

「なんでー？　もったいないよ。絶対あの衣装、蛍に似合うって」

加奈子ちゃんはそんなふうに言ってくれたけど、しゃべるのが苦手な私は、花形のウエイトレスではなく裏方の調理係を迷わず選んだ。

ただでさえウエイトレスは人気があったし、接客《せっきゃく》なんてうまくできる自信がなかったから。

一方、加奈子ちゃんはじゃんけんで見事《みごと》ウエイトレス係を勝ちとったみたい。

結城先輩がお客で来てくれるかもしれないって、今から楽しみにしてるんだとか。

相変わらず恋する乙女な彼女は、かわいいなって思う。

「あー、結城先輩のクラスはなにやるのかなぁ～」

「そうだね。気になるね」

「ねぇ蛍、学祭《がくさい》の日一緒に先輩のクラス行ってくれる？」

「うん、もちろんだよ！」

「やったー！　ありがとうっ！」

ふたりでおしゃべりしながら装飾《そうしょく》に使う画用紙《がようし》をドーナツ型に切りぬいていく。

その作業は地味だけどとても楽しい。

だけど私は、こういう時も結局加奈子ちゃんとずっと一緒にいて、なかなかクラスのほかの子とは絡むことができない。

なにせ、自分から話しかけるのが苦手だから。

一緒に行動する人がいるだけでも十分だとは思うけれど、もし加奈子ちゃんが学校を休んだりしたら、私はどうするんだろうなんて時々思ったりする。

加奈子ちゃんにちょっと頼《たよ》りすぎかなって。

来年はクラスが分かれてしまうかもしれないし、もっとほかの子とも絡んだりしないとダメなのかな……。

「ねー！　加奈子〜！」

すると、ちょうどその時、加奈子ちゃんがクラスの女子に呼ばれた。

「なに？」

「加奈子もちょっとこれ着てみてよ。サイズ合わせしてるの」

どうやらウエイトレスの衣装の試着をたのまれたみたい。

「わーっ！　ウソ、今着ていいの？　超かわいい！」

「でしょーっ？　京子《きょうこ》のお母さんの知り合いの会社からレンタルしたみたいよ。素敵だよね」

「ヤバいヤバい！　超テンションあがるんだけど！」

加奈子ちゃんはそれを見て大興奮の様子だったけれど、たしかに衣装はフリフリで女の子らしくてかわいくて、私も思わず見とれてしまった。

加奈子ちゃんスタイルいいから似合いそうだなぁ。

「ちょっと蛍、私これ試着してくるね！」

「うん、いってらっしゃい」

そしてそのまま彼女は衣装に着替えにいってしまったので、私はひとり残ってその場で作業の続きをすることにした。

それにしても今の、かわいかったな。

なんだかああいうのを見ると、もうすぐ文化祭なんだって実感がわいてくる。

教室の中がいつになく騒がしくて、みんなのワクワクしている空気が伝わってきて。

そのなかに普通に溶《と》けこめている自分が不思議でたまらない。

中学時代はいつもまわりに馴染《なじ》めなくて、ポツンとしていたから。

役割は地味で目立たないかもしれないけど、こうしてクラスの輪に交ざることができているだけで、楽しいなって、幸せだなって思う。

そんな時、背後《はいご》からふっと人の気配がした。

「……おい。お前はアレ着ないの？」

「えっ？」

誰かと思って振り返ると、そこには下はジャージで、上は体操服姿の矢吹くんが立っていて。絵の具を使っていたのか、体操服のTシャツがところどころ汚れてしまっている。

顔にまで少し飛んでいるみたいだけど。

「あ、うん。私は調理係だから」

「なんだ。ウエイトレスやんねーのか」

「え？　う、うん。私、接客は苦手で……」

私が答えると、なぜか少し不服《ふふく》そうな顔でこちらを見つめてくる彼。

「ふーん、残念だな」

「えっ⁉」

その言葉に目を丸くする私。

ざ、残念？　なんで矢吹くんがそんなこと言うのかな。

まるで私にウエイトレスをやってほしかったみたいな発言に、どう反応していいかわからず、ドキドキしながらその場で固まる。

だけど彼はすぐにフッと意地悪く笑うと、「いや、冗談《じょうだん》だけど」と言ったので、一瞬にして力がぬけた。

なんだ、ビックリした。冗談か。

「まぁ、お前がウエイトレスとか、危なっかしいしな」

「なっ……」

「せいぜいドーナツ焦《こ》がさないようにしろよ」

なんて言ってからかってくる矢吹くんはいつもどおりで、やっぱり意地悪かもしれない。

だけど私はさっきから、彼の頬についている絵の具がすごく気になっていて。

まるで泥《どろ》遊びしたあとの子どもみたいになってる。

これは、教えてあげたほうがいいよね。

「あ、あの、矢吹くん」

「ん？」

「ここ、顔に絵の具ついてるよ」

「え？」

言われて頬を触る彼。だけど、場所がぜんぜんあっていない。

「えっとね、もっとこっち」

「は？　どこだよ？」

じれったくなった私は一歩近づき、手を伸ばして彼の左頬にそっとふれてみた。

「あのね、ここ」

「……っ！」

すると、ビクッと体を反応させる矢吹くん。

あれ？　触ったのはまずかったかな？

そう思った瞬間、おどろいたように目を見開きながら私を見下ろす彼と、目があう。

なぜかその顔は真《ま》っ赤《か》だった。

え？　どうして……。

「あ、ごめんっ」

とっさに謝ると、矢吹くんはサッと目をそらす。

「いや、どうも。洗ってくるわ」

そしてそれだけ告げると、焦ったようにクルッと背を向けて、教室をでていってしまった。

意外な彼の反応に、ポカンとしてしまう。

でも、いくら場所がわからない様子だったからって、わざわざ彼の顔にふれることはなかったかな。

なんだったんだろう、今の……。

よく考えたら少し馴れ馴れしいことをしてしまったようにも思えて、心のなかで密《ひそ》かに反省した。

矢吹くん、困った顔してたよね。ごめんなさい。

「か、柏木さん〜っ！」

するとそこに、今度は私のことを叫ぶように呼ぶ声が。クラスの女子がひとり、あわてた様子で駆けよってくる。

「ん？　なに？」

「あの、一組の碧空くんがね、柏木さんのこと呼んでる！」

「えっ！」

言われて振り返ると、廊下から教室の中をのぞく碧空くんの姿があって、思わずドキッとしてしまった。

ウソッ。なんだろう？

「きゃーっ、碧空くんだ！」

「やっぱカッコいいね〜」

なんて、騒ぎたてる女子たちの視線が少し気になりながらも、彼のもとへと歩いていく。

「そ、碧空くん、どうしたの？」

私が尋ねると、ハハッとイタズラっぽく笑う彼。

「いや、べつになんとなく。教室のぞいたら蛍が見えたから、呼んでみた」

「えっ！」

どうやら、とくに用事があったわけではないみたい。

用もないのにわざわざ話しかけてきてくれるなんて。

「学祭の準備進んでる？」

「う、うん」

「三組はなにやるんだっけ？」

「えっと、焼きドーナツだよ」

「うわ、うまそうだな。絶対行く！」

碧空くんとはもう、こうして毎日のように学校で話してる。

私はいまだにそれが不思議でたまらないのだけれど、やっぱりすごくうれしくて。

声をかけられるたびにドキドキしてしまう。

「碧空くんのクラスは？」

「うちのクラスは縁日《えんにち》やるよ」

「わぁ、縁日なんだ。いいね。楽しそう」

「蛍も来いよ。輪投げとかヨーヨー釣《つ》りとかやるから」

「え、うんっ。行くね」

私が笑って答えると、彼もやさしく笑う。

「絶対なっ。待ってるから」

そして、そんな言葉とともに、さりげなく頭の上にポンと彼の大きな手がふれて。

思わず顔がかあっと熱くなった。

「あ……うんっ」

あぁ、ダメだなぁ、私。やっぱりこういうのにいちいち反応してしまうんだ。

碧空くんにとってはきっと、なんでもないことのはずなのに。

どうしてこんなに意識してばかりなんだろう。

「……おわっ！」

だけどその時急に、碧空くんがおどろいたような大声をあげて。

なにかと思い、顔をあげたら、彼のうしろに見覚えのある人物の姿があった。

あっ、美希ちゃん……。

急に心臓の鼓動が大きくなる。

「ちょっと～碧空！　なにサボってんの！」

そう言いながら碧空くんの首に腕を巻きつけて、うしろからつかまえる彼女の顔は少し怒っている。

私はそれを見て、なんとなくまずいものを発見されたような気持ちになった。

「誰かと思ったら美希かー。ビックリした」

「もうっ、急にいなくなったと思ったら～」

「悪い悪い。べつにサボってるわけじゃないって」

「こういうのをサボってるって言うの！」

まるで母親のように彼を叱《しか》る美希ちゃん。イタズラっぽく困った顔で笑う碧空くん。

「早くもどってきて手伝ってよ～」

「ハイハイ、わかったよ」

その様子はじゃれあっているみたいで、見ていると少し複雑《ふくざつ》な気持ちになる。

やっぱりすごく仲がいいんだなぁ。

「それじゃごめん、またな！」

碧空くんが私に手を振る。

「あ、うんっ。またね」

そのまま彼は美希ちゃんに連れていかれてしまったので、私はそのうしろ姿をおとなしく見送った。

だけど次の瞬間、ふいに美希ちゃんがこちらをクルッと振り返ったことに気がついて。

……あっ。

目があったとたん、こわい顔で見られたような気がしたのは、気のせいかな？

なんだろう。前にもこういうのがあったような。

今の美希ちゃん、怒ってるように見えたけど、なんか気を悪くさせちゃったかな？

もしかして、私と碧空くんが話してたのが嫌だったとか……。

心が不安の色でモヤモヤと覆《おお》われてくる。

碧空くんと話せたことは素直《すなお》にうれしかったけれど、なんだかとても後味《あとあじ》が悪かった。

「おつかれさまでしたーっ！」

下校時間になるとみんな学祭準備を切りあげ、せっせと片づけを始める。

私はドーナツ屋の看板作りを無事終えて、汚れた手を洗いに水道まで走っていった。

クラスの装飾は今日でほとんど出来上がったし、準備はかなり順調《じゅんちょう》に進んでいると思う。

なんだかますます本番が楽しみになってきたな。

――ジャーッ。

水道の蛇口《じゃぐち》をひねり、水をだす。

手を前にだすと水がひんやりと冷たくて、気持ちがよかった。

となりには、絵の具のパレットを洗う生徒がひとり。その人がいなくなると、その場に自分だけになる。

「……柏木さん、だよね？」

すると、突然誰かにうしろから名前を呼ばれて。

ドキッとして振り返ると、そこに立っていたのは、碧空くんと仲のいいサッカー部マネージャーの美希ちゃんだった。

パーマのかかったツヤツヤの茶色い髪、透《す》き通るような白い肌。手の爪《つめ》は伸びてないけどキレイな色のネイルがぬってあって、相変わらず美人だし、オーラがすごい。

「あ……はい」

返事をする声が少し震える。

なんだろう。すごく緊張するな。

どうして急に話しかけてきたんだろう、なんて思っていたら、彼女は急にニコッと満面《まんめん》の笑みを浮かべた。

「碧空と、仲いいんだね」

「えっ……」

だけど、よく見るとその笑顔は心から笑っているようには思えない。

というか私、美希ちゃんにまで碧空くんと仲がいいと思われてたんだ。さっきも一緒に話してたからかな。

「そ、そんなこと、ないよっ」

ドキドキして、いつも以上に言葉が途切れ途切れになってしまう。

「えーそう？　だって、最近いつも一緒にいるの見かけるから。たしか、柏木さんって碧空と同中なんだよね？」

「う、うん」

「じゃあ知ってるかな。碧空って中学時代に彼女いたんでしょ？」

「……っ！」

そう聞かれた瞬間、ギョッとして心臓が飛びだしそうになった。

ちょっと待って。なんで急にそんな話に？

もしかして、私とつきあってたことを誰かから聞いて知ったのかな？　そうだったらどうしよう。

「え、あ……うん」

ドキドキしながらとりあえずうなずいてみせる。

「ねぇその子、どんな子だったの？」

「えっ？」

だけど、その口ぶりからして、彼女は私が元カノだとは知らないみたい。よかった。

でもそうだよね。碧空くんがそんなことをわざわざ言うわけがないし。

「やっぱりかわいかった？　派手な子？　それとも清楚《せいそ》系？　碧空に聞いてもなにも教えてくれないからさぁ」

「え、えっと……」

うぅ、なんて答えよう。

どんな子だなんて言われても、自分のことだし、どんなふうに形容《けいよう》していいのかわからなくて、言葉につまる。

それに、美希ちゃんを前にすると、なぜかいつも以上に緊張してしまうんだ。委縮してしまうというか。

「ふ、普通の子、かな」

ボソッと小さな声で答えたら、すかさず聞き返された。

「えっ？」

「なんて？」

それに少しビクッとして、焦ってしまう。

あぁ、ダメだ。ついまた小声になっちゃった。

ちゃんと答えないとイライラされちゃうよね。

「ぜ、ぜんぜん……普通の子だったと思うよっ！」

あわてて言い直したら、今度はムダに声が大きくなってしまった。

あぁ、なに今の。不自然だったかな。

それを聞いた美希ちゃんは少しおどろいた顔をしてる。

だけどすぐ、安心したように笑って。

「へぇー、そうなんだ！　意外～！」

急に機嫌がよくなったように見えたので、ホッとした。

「ほら、碧空ってすっごくモテるのに、なかなか彼女つくらないじゃん？　入学以来告白されても全部ことわってるみたいだったからさぁ、どんな子がタイプなのかちょっと気になったんだよね」

「そ、そうなんだ……」

それを聞いてなんとも言えない気持ちになる。

たしかに、碧空くんは昔からすごくモテる。

だけど、私と別れたあとに誰かとつきあったという話は聞かないし、高校でもまだ新しい彼女はできていないみたい。それってちょっと意外かも。

できたらできたでショックを受けそうな気もするけれど。

「好きな子がいるとかもぜんぜん聞かないしさぁ。でも、元カノは普通の子だったんだねー。なんか安心した。じゃあべつに理想《りそう》が高いってわけでもないのかなー？」

そう言われて、前からそんな気はしてたけど、やっぱり美希ちゃんは碧空くんに気があるんだとあらためて確信《かくしん》した。

でも、碧空くんだって私なんかとつきあうくらいだから、きっと理想が高いなんてことはないよね。

「う、うん。そんなことはないと思うよ」

なんて、まるでアドバイスしてるみたいでヘンな感じだけど。

そしたら美希ちゃんは急に目をキラキラさせて。

「ほんと？　よかったー！　あ、ヘンなこと聞いてごめんね。ありがとう！」

そう言いながら笑ってくれた。

「それじゃまたねっ」

ニコニコしながら手を振る彼女。

さっきあんなにこわい顔をしていたのがウソのよう。

碧空くんの元カノが特別美人なわけじゃないってわかってホッとしたのかな？

「あ、うん。またねっ」

つられて自分も手を振ってみせると、美希ちゃんは軽《かろ》やかな足どりで去っていく。

私はとりあえず何事もなかったことにホッとして、胸をなでおろした。

「……ふぅ」

今一瞬、ヒヤッとしたな。

碧空くんとつきあってたことを彼女に知られたのかと思っちゃった。知られてなくてよかった。

だけど、美希ちゃんがやっぱり碧空くんのことを好きなんだと思ったら、なんとも言えない少し複雑な気持ちになった。

そんなの俺がたえられない

そして迎えた文化祭当日。

前夜祭《ぜんやさい》を終え、一般公開《いっぱんこうかい》の今日は、他校生など一般のお客さんもたくさん来てくれて、朝から学校中が大にぎわいだった。

うちのクラスの焼きドーナツ屋も、学祭の模擬店《もぎてん》としてはめずらしいというのもあって、大盛況《だいせいきょう》の様子。

私と加奈子ちゃんは一緒に十一時頃からのシフトだったので、先に各クラスを見てまわることにした。

加奈子ちゃんが真っ先に行こうと言ったのはもちろん、二年生の教室。あの結城先輩がいる二年三組だ。

「結城先輩のクラス、クレープ屋なんだって！　会えるかなぁ。楽しみだなぁ～」

「へぇ、クレープなんだ。おいしそう！　会えるといいね」

こんなふうに友達と仲良く文化祭を一緒にまわるなんて初めてだから、幸せだなぁって思う。

みんなは好きな人や彼氏とまわれたら幸せ、なんて言ってるけれど、私はもう加奈子ちゃんが一緒にまわってくれるだけで十分だ。

いつになくウキウキして、テンションがあがってしまう。

「うわーすごい、いろんな人が来てるね〜。他校生もいっぱい」

「ほんとだ。こんなにいっぱい来るんだね」

にぎやかな人ごみをふたりでぬけていく。

どの教室も人がいっぱいで、模擬店もクラスの出し物もすごく盛りあがっているみたいだった。

「お化け屋敷とかあるよ。あとで一緒に入る？」

加奈子ちゃんがニヤッと笑いながら聞いてくる。

「えぇっ！　私、お化け屋敷はちょっと……」

「あはは っ！　やっぱり言うと思った〜！　蛍はこわいの苦手そうだもんねぇ」

「うん、そうなの。ごめん」

「じゃあ、あとでボディガードに矢吹くんでも呼んで一緒に来よっか！」

「えっ！　矢吹くん!?　なんで!?」

なぜかそこで急に矢吹くんの名前がでてきておどろく。

「だって、矢吹くんならよろこんで蛍のこと守ってくれそうだから」

「なっ、そんなわけないよっ！」

加奈子ちゃんは最近よくこんなふうに矢吹くんのことで私をからかってくるんだ。

彼女いわく、〝彼は絶対に私のことが好き〟らしい。

それはただの加奈子ちゃんの思いこみだと私は思うんだけど……。

「蛍はかわいいからな〜。男子がほっとかないよね」

「そ、そんなことないって！」

「あるでしょ〜。さっきだってさっそく他校生にナンパされてたしさぁ。ヘンな奴につかまらないか見てて心配になるよね。まぁ、私的には矢吹くんは合格圏内《ごうかくけんない》だけど」

「えっ……」

そうなんだ。

実はさっき、他校生の男の子に声をかけられて私が困っていたら、加奈子ちゃんが私のかわりにビシッとことわってくれたんだ。

ことわるのが苦手な私はすごく助かったし、心強かった。

正直男子から好かれるのは、うれしいというよりも、昔を思い出してこわい気持ちになる。

男子に気に入られると、そのぶん女子に嫌われるんじゃないかって、不安で。

だけど、加奈子ちゃんはそんな子じゃない。

楽しそうに冷かしてくることはあっても、それを悪く思ったりはしないみたい。

逆に私のことをこんなふうに心配してくれたりして、本当にやさしいなって思う。

「私、蛍には素敵な人と幸せになってほしいな～。だって、こんなにかわいくていい子なんだもん。もし好きな人とかできたら、教えてね。応援するから！」

加奈子ちゃんが両手をグーにしてポーズをとる。

私はその言葉を聞いた瞬間、軽く泣きそうになってしまった。

だって、彼女はこんな私の幸せを願ってくれるんだもの。なんていい友達をもったんだろうって。

ウルウルして、今にも涙がでてきそう。

「あ、ありがとうっ。私も、加奈子ちゃんの恋、応援するからね！」

ハッキリとそう告げたら、加奈子ちゃんはうれしそうに笑ってくれた。

「うん！　ありがとっ」

なんだか夢みたいだな。こんなふうに言いあえる友達ができるなんて。

加奈子ちゃんの恋を全力で応援したいなって心から思う。

そしていつか、加奈子ちゃんには自分の恋の話をちゃんとできるようになりたいなって思った。

「あぁ、どうしよう。もったいなくて食べれないよ〜」

クレープを両手で握りながら、加奈子ちゃんがうっとりとした顔でつぶやく。

先ほど二年三組のクレープ屋をふたりで訪ねたら、ちょうど結城先輩がいて、幸運にも私たちのクレープを彼がつくってくれた。

しかもなんと、先輩は加奈子ちゃんのことをおぼえていてくれたみたいで、向こうから声をかけてくれて。

「いつもよく見かける子だ」なんて言って、わざわざトッピングのサービスまでしてくれたんだ。

この前笑いかけてくれたっていうのも、やっぱり気のせいじゃなかったみたい。

加奈子ちゃんのひそかな片思いが思わぬ進展《しんてん》を遂《と》げていて、私までドキドキしてしまう。

「なんかもう、幸せすぎてバチが当たりそう。いつもながめてるだけで幸せだったけど、話せるなんて夢みたいだよ〜！」

「そうだね。私もビックリした。先輩も実は、加奈子ちゃんのことが気になってたのかもしれないよ」

「えへへ、そうかな〜」

「ほんとによかったね」

「うん、うれしい〜！」

幸せそうな彼女を見ていたら、自分も幸せな気持ちになった。

ふたりでクレープを食べたあとは、ほかにもいくつか食べ物系のお店をめぐって、お腹がいっぱいになったところで、今度はゲーム系の出し物を見てまわることにした。

「うちの学年の階も行ってみようか！　ほら、一組はたしか縁日やってたし」

そう言われて、碧空くんのクラスだと思いドキッとする。

この前の準備の時に「来てよ」って言われて、「行くね」って約束したんだっけ。

碧空くん、いるかなぁ……。

ついつい彼のことばかり思い浮かべてしまう。

だけど、べつに彼目当てで行くわけではないし、会えなかったとしても行く約束は果《は》たせるからと思い、期待する気持ちをあわててかき消した。

「いらっしゃーい！　一組縁日やってまーす！」

「美女が浴衣《ゆかた》でお出迎え中でーす！」

一年一組の教室の前まで来ると、さっそく呼びこみをしている生徒が数人立っていて、うちわを片手に声をかけてきた。

女の子はカラフルな浴衣を身にまとい、男の子はTシャツの上に〝祭〟と書かれた法被《はっぴ》を着ている。いかにも縁日って感じだ。

加奈子ちゃんと教室に足を踏みいれると、中はますますお祭りムード全開《ぜんかい》で、お客さんも多くてすごくにぎやかだった。

いろいろな出し物があって、迷ってしまいそう。

「わぁ、なんかたくさんあるよ。なにからやろうかな〜」

「ホントだ。迷うね」

入り口近くから全体を見渡してみると、輪投げ、ヨーヨー釣り、スーパーボールすくい、的当《まとあ》ての四つのブースがあるみたい。

とりあえず一番すいていた輪投げの列に加奈子ちゃんと並ぶ。

すぐとなりには、その三倍くらいの人が列《れつ》をなしているスーパーボールすくいのブースがあって、人気あるんだなぁ、なんて思いながら見ていたら、ちょうどそこにある人物の姿を発見した。

……あっ、碧空くん。

まさか、偶然にも碧空くんのシフト時間だったなんて。

彼は制服のズボンに黒いTシャツを着て、その上に法被を羽織《はお》り、接客をしている。

水をはったプールの前では小さな女の子がしゃがんでボールすくいをしていて、その女の子に、碧空くんがやさしく笑いかける様子は見ていて微笑《ほほえ》ましかった。

「はーい、よくできました！　じゃあこれ、お兄ちゃんから一個サービスなっ」

「わぁっ、ウサギさんのボールだ！　ありがとう！」

「おう、またおいで！」

碧空くんと笑顔でタッチをかわすと、お母さんと一緒に手をつないで帰っていく女の子。

ウサギの絵がついたボールをおまけしてもらって、すごくうれしそう。

すると、すぐとなりでその様子を見ていた浴衣姿の美少女が、彼の肩をポンと叩いた。

「ふふ、子どもに大人気じゃーん」

「ははっ、まぁな。俺も子どもみてーなもんだし」

「あはは、なにそれ。だから子ども心がわかるって？」

「そうそう。そーいうこと」

髪をアップにしているから一瞬誰かと思ったけれど、よく見るとそれは美希ちゃんだ。

浴衣姿がとても似合う彼女は、いつにも増して色っぽく、キレイに見える。

イケメンの碧空くんと並んでいると、本当に絵になるというかお似合いで、キラキラしているふたりはまるで自分とは別世界の人のように思えて、少し切なくなった。

同じくその様子を見ていた加奈子ちゃんがとなりでボソッとつぶやく。

「あ、いたいた～あそこ。碧空くんと山下美希ちゃんだ。あのふたり、本当に仲いいんだねぇ」

私と同じことを思ったみたい。

「そ、そうだね……」

「美男美女でお似合いだから、つきあっちゃえばいいのにね。みんな言ってるよー。いつも一緒にいるし、カップルにしか見えないって」

だけどそんなふうに言われると、やっぱりちょっとショックで、ますます落ちこんだような気分になってしまった。

そうだよね。加奈子ちゃんの言うとおりだ。

碧空くんと美希ちゃんはすごく仲がいいし、はたから見たらカップルのようにも見える。

お似合いだなって私も思う。

美希ちゃんは碧空くんのことが好きみたいだし、あのふたりはいつくっついてもおかしくないはずなんだ。

だけど、そう思うとなぜかひどく胸が痛い。

よく、元カレに好きな子や新しい彼女ができたら落ちこむものだとは言うけれど、自分からサヨナラした私にショックを受ける権利《けんり》なんかないはずなのに。

おこがましいというか、よけいなお世話《せわ》だよね……。

そうこうしているうちに輪投げの順番《じゅんばん》がやってくる。

輪投げのコーナーはテンション高そうな男の子たちが担当していて、そのなかには碧空くんといつも一緒にいる孝太くんの姿もあった。

「うおっ、誰かと思ったら柏木さんだー！　やっぱかわいい！」

私の姿を見るなり、なぜか大声をあげてよろこんでくれる彼。

「マジだ。かわいい！　お友達もかわいい！」

「男だらけのむさくるしい輪投げにようこそ！　待ってましたー！」

輪投げコーナーは並んでいる人が少なかったせいか、異様《いよう》なほどに歓迎されて少しビックリした。

「聞いてくれよー。お客さんはみんな碧空のいるスーパーボールに取られちまってよ～。輪投げ人気ねぇの」

「あっちには美希もいるしな。結局人間ビジュアルが大事ってことだな」

「くっそー、泣けるぜ！」

なんて、勝手にペラペラと話してくれる孝太くんは相変わらずとてもおもしろいし、その友達もノリがよい人たちばかりで、そのやりとりには思わず笑ってしまいそうになる。

スーパーボールすくいが人気なのは、やっぱり碧空くんたちがいるからなんだ。

結局私と加奈子ちゃんは、本当は輪を三本のところをサービスで五本投げさせてもらえて、景品の駄菓子《だがし》をいくつかもらうことができた。

「わーい、お菓子もらっちゃった！」

「うん、楽しかったね」

「次はどうする～？」

加奈子ちゃんに聞かれてチラッととなりを見てみたけれど、相変わらずスーパーボールすくいは大盛況で、人がいっぱい並んでいる。

しかも、そのほとんどが碧空くんを見てキャーキャー言う他校生の女子たちばかり。

「ねぇ、あの人カッコよくない？」

「やばーい！　一緒に写真撮《と》ってくれないかな～？」

まるでどこかのアイドルみたいに騒がれている。

なので、私と加奈子ちゃんはスーパーボールすくいをあきらめて、残りのヨーヨー釣りと的当てで遊ぶことにした。

結果、的当てはむずかしくて全部外れてしまったので、先ほど輪投げでもらった駄菓子とヨーヨーひとつを持ち帰り、教室をあとにする。

結局、碧空くんには挨拶すらできなかったけど、まぁ仕方ないか。

私ったら、『待ってるから』なんて言われたの、真に受けてたのかな。

実際に彼を目にしたら、とても近寄れそうもなかったし、やっぱり遠くに感じてしまって、少しだけさみしい気持ちになった。

でも、これが普通だよね。私ったらなにを期待してたんだろう……。

「柏木さん、これ、出来上がった分持っていくね！」

「あ、うん！　お願いします」

その後、自分のクラスの模擬店のシフト時間になった私は、調理実習室でひたすらドーナツを焼いていた。

ドーナツといってもこれは焼きドーナツなので、揚《あ》げるわけではなく、ホットケーキミックスでつくった生地を、ドーナツ型のホットプレートのような機械《きかい》に入れて焼くだけ。

意外と簡単《かんたん》にできるので、作業自体はとても楽しい。

ウエイトレスのような華やかな役ではないけれど、ひとりで黙々とやれるから気が楽だった。

軽く三十個くらい焼きあげたところで、いつの間にかシフト時間が終わる。

集中していたせいか、時間がたつのはあっという間だ。

「はーい！　シフト交代の時間でーす！」

同じクラスの調理係の子が交代に来てくれたので、その子にひきつぐと、自分は制服の上に着けていたエプロンを脱《ぬ》いで、その場をあとにした。

加奈子ちゃんもそろそろ教室でのシフト時間が終了する頃だし、また合流《ごうりゅう》して一緒にまわろうかな。

そう思っていったん教室へともどることに。

調理実習室をでて渡り廊下から中庭《なかにわ》をのぞくと、そこにもまた人がたくさんいる。

中庭は部活の出し物のスペースになっていたので、ユニフォーム姿のサッカー部員や、楽器《がっき》を持った吹奏楽《すいそうがく》部員なんかの姿もあり、校舎内に負けないくらいににぎやかだった。

サッカー部のブースには、先ほど見かけた結城先輩の姿もある。

それを見て、あとで加奈子ちゃんを連れてこなくちゃ、なんて思う。

だけど、同じサッカー部の碧空くんは、ここにはいないみたい……なんて、私ったらバカだな。なに考えてるんだろう。

気がついたら無意識に彼のことを探してしまっている自分に、あきれてしまう。

きっと彼は、今頃美希ちゃんたちと仲良く学祭をまわってるんだろうな。

ふとさっきの楽しそうなふたりの姿を思い出して、また少し切ない気持ちになった。

渡り廊下を通りすぎて再び校舎内に入ると、廊下では他校の制服を着た男子数人がヨーヨーを投げてキャッチボールみたいにして遊んでいた。

「おーいこれ、水入れすぎじゃね？　当たったらヤベーよ」

「ははっ、お前の顔面《がんめん》ねらって投げるわ」

「やめろー！」

飛《と》び交《か》うヨーヨーを見て、危ないなぁなんて思いながら、そばを通りすぎようとする。

「あぁっ、ヤベっ！」

そしたら次の瞬間叫び声とともに、突然正面からそのヨーヨーが飛んできて、私の胸もとに勢《いきお》いよくぶつかった。

――バシャン‼

水がはじけるような音とともに、一瞬にして体が冷たくなる。

「……っ！」

ウソッ。やだ、なにこれ……。

「うっわ！　誰かに当たったんだけど！」

「マジかよ！　わざとじゃねぇよ、俺」

「すんませんでしたー！」

投げて遊んでいた男子たちはひとことだけ謝ると、逃げるようにその場を去っていく。

私はあわててポケットからハンカチをだして拭いてはみたけれど、すでにびしょびしょだったので、もはやあまり意味がなかった。

ぽたぽたとスカートまで垂《た》れる水のしずく。制服のシャツが透けて、じわじわと半《はん》透明《とうめい》になっていく。

すると、その時近くでそれを見ていたほかの男子たちが、ヒソヒソと小声でウワサするのが聞こえてきた。

「ヤッベー、スケスケ」

「エロい～。丸見えじゃん。ラッキー」

それを聞いてハッとして、あわてて胸もとを両手で隠《かく》す。

ど、どうしよう！　これじゃ、下着が見えちゃう。教室に着替えなんてあったっけ？

今日は文化祭だから体操服なんて持ってきてないし、夏服だからブレザーもないし。

うぅ、最悪だ。こんな姿のままで教室にもどれないよ。

真っ青な顔で立ちつくす私を、通りすがりの人たちがヘンなものを見るような目でジロジロと見てくる。

みっともなくて、恥ずかしくて、今にも涙がでてきそうだった。

とにかくどこか、人のいないところへ行かなくちゃ。

だけどそう思った時、ふと背後から誰かが近づいてくる気配とともに、突然肩にバサッとなにかをかけられた。

「……えっ？」

見るとそれは、大きめのスポーツタオル。どこかのサッカーチームのロゴが大きく入っている。

ドキッとして振り返ると、そこにいたのはなんと……。

「そ、碧空くんっ⁉」

彼だとわかった瞬間、おどろきのあまり心臓がとまるかと思った。

ウソッ、なんで？　いつの間に？

私が困ってるのに気づいてくれたんだ。

碧空くんは私の体をタオルでぎゅっと包みこむと、近くにいたニヤニヤ顔の男子生徒たちをじっとにらみつける。

「おい、ジロジロ見てんじゃねーよ！」

めずらしく言葉を荒らげる彼の姿を見て、なんだかとても胸が熱くなった。

思わずつきあっていた頃のことを思い出してしまう。

今のは、私のために怒ってくれたんだよね……？

「蛍、こっちきて」

そのまま彼は私の片手をぎゅっと握ると、スタスタとどこかへ向かって歩きだす。

私はタオルをもう片方《かたほう》の手でしっかりと握ったままついていく。

心臓がドキドキとうるさい。握られた手が、顔が熱い。

まさか、こんなふうに彼が助けてくれるなんて。

夢でも見ているんじゃないかと思った。

――ガラッ。

誰もいない教室まで来ると、碧空くんはドアを開け、私をその中に連れこむ。

シンとしたうす暗い部屋の中で急にふたりきりになって、ますます心臓がうるさくなった。

あぁどうしよう。とりあえず、お礼を言わなくちゃ。

「あ、あのっ……ありがとう」

すると彼はそこでなにを思ったのか、着ていたTシャツの裾《すそ》に手をかけると、立ったままいきなりそれをバッと脱ぎはじめた。

えぇっ!?　ちょっと待って。なんで!?

「そ、碧空くん!?」

いったいなにが起きているのかよくわからない。

目の前には、上半身裸《じょうはんしんはだか》になった碧空くんの姿。

程よく筋肉がついたその体は、なんだかとても色っぽくて、恥ずかしさのあまり思わず目をふさいでしまいそうになる。

女の子みたいにキレイな顔してるのに、やっぱり男の子なんだなぁ……なんて、私ったらこんな時になにを考えてるんだろう。

私がドキドキしながらその場に固まっていると、碧空くんが近づいてくる。

そして、なぜか今脱いだばかりの黒いTシャツを手渡してくれた。

「はい、これ」

「えっ？」

「とりあえず、俺のTシャツ貸すから着てろよ」

「……っ」

ウソ。じゃあ今脱いだのは、そのため？

「で、でも、悪いよっ」

「いいから。俺は教室に着替えあるし、だいじょうぶだから」

そう言って私の手にTシャツをぎゅっと握らせる碧空くん。

「でもっ……」

いいのかな。そこまでしてもらって。

「それに、そんなカッコでいたら、さっきみたいにヘンな目で見る奴がいるだろ。そんなの俺がたえられないし」

……えっ？

その言葉にビックリして碧空くんを見上げると、彼の顔が少し悔しそうにゆがんでいる。

どうしてそんな顔するのかな。

『たえられない』だなんて、どうして碧空くんがそんなこと言うの。

考えたら、また胸がドキドキしてくる。

「だから、風邪《かぜ》ひく前に着替えて。俺のことは気にしなくていいから。なっ」

そう口にすると同時に、私の頭にポンと手をのせる碧空くん。

その瞬間、思わず顔がじわっと熱くなった。

「あ、ありがとうっ」

わあぁ、どうしよう。これはもう、甘えちゃっていいのかな？

彼のやさしさが身に染みて、涙がでてきそうになる。

どうして彼はこんなにやさしいんだろう。どうして私のためにこんなに親切にしてくれるんだろう。

こういうところ、昔とちっとも変わっていないんだ。

私はもう、彼女なんかじゃないのに……。

すると碧空くんは突然思いついたように。

「あっ。そういえば、さっきはせっかく来てくれたのに、話せなくてごめんな」

「えっ」

「ほら、うちのクラスの縁日、蛍来てたよな？」

そう言われてビックリする私。

さっき私が彼の教室を訪れたこと、碧空くんは気づいてたんだ。

「き、気がついてたの？」

「もちろん。でも帰っちゃったから声かけらんなかった」

「あっ……。ごめんね。あの時、スーパーボールすくいは混んでたから、遠慮しちゃって。碧空くんすごく忙しそうだったし」

「ははっ、そっかー。そうなんだよ。なんか異様にスーパーボール人気でさ。でも、あのあと三組の焼きドーナツ屋にも俺行ったけど、蛍いなかったんだよな」

ウソ、うちのクラスにも来てくれてたんだ。

「そうだったの？　ごめんね。実は私、裏方の調理係だったから、ずっと調理実習室にいたの」

「マジで？　だからいなかったのか」

「わざわざ来てくれてありがとう」

「うん。だって行くって約束したし。うまかったよ、ドーナツ。あれ、蛍が焼いたやつだったのかな」

碧空くんはそう言うと、白い歯を見せニコッと笑う。

そんな彼の表情に、私はまた胸がきゅっとしめつけられた。

笑った顔もぜんぜん変わらない。あの頃と同じ……。

すると彼は、急に制服のポケットに手をつっこむと、ガサゴソとなにかを探しはじめる。

そして、小さな丸いものを取りだすと、私にそっと見せた。

「これ、スーパーボールすくいのやつなんだけど。一個もらっといたから、蛍にあげる」

「えっ⁉　い、いいの？」

「うん」

よく見るとそれはさっきスーパーボールすくいのブースで、小さな女の子が碧空くんからおまけでもらっていたボールと同じで、ピンク色のウサギの絵が描《えが》いてあるもの。

わざわざ私にくれるなんて。

「わぁっ、かわいい……。ありがとう」

うれしくて、思わず顔がほころぶ。

手のひらにのせたボールをじっと見つめながら、これはむしろ、自分でゲームで取るよりうれしいかもしれないなんて思った。

そしたらそんな私の頭を、無言のままやさしくなでてくる碧空くん。

……えっ。

再びじわっと熱くなる顔。おどろいて見上げると、彼と目があう。

だけど、よく見たら彼はまだ上半身裸のままだ。

早くなにか着ないと、このままじゃ風邪をひいちゃうよね。

そう言おうと思った時……。

「へっくしゅん‼」

碧空くんが突然、大きなくしゃみをひとつした。

思わず目を丸くすると、彼もおどろいたように目をぱちくりさせている。

「だ、だいじょうぶ⁉　そのカッコ寒いよね。早く服着ないと、碧空くんのほうが風邪ひいちゃう！」

焦ったようにそう告げたら、碧空くんは噴《ふ》きだすように笑いだした。

「……ぶっ。あはは！　だよな。ダッセー俺。自分で『風邪ひくよ』とか言っといて」

「あのっ、私はもうだいじょうぶだから。急いで着替えてきていいよ！」

「おう。じゃあそろそろ行くな。蛍もちゃんと着替えろよ」

「うんっ」

「あ、返すのはいつでもいいから」

そう告げると、そのまま教室の入り口まで歩いていく彼。

そして、ガラッとドアを開けると笑顔で手を振りながら、廊下へとでていった。

「それじゃまたな」

「うん、ありがとう！」

私はTシャツとウサギのボールを握りしめながら、その場に立ちつくす。

胸が、熱い。

濡れたシャツの冷たさなんか、忘れてしまいそうなくらいに。

碧空くんが、私のことを助けてくれた。Tシャツまで借してくれた。

ねぇどうしよう。

こんなにやさしくされたら、やっぱりドキドキしちゃうよ……。

濡れているシャツを脱ぎ、借りたTシャツに着替えてから教室にもどると、加奈子ちゃんの姿はもうなかった。

自分のシフト時間を終えてどこかへ行ってしまったみたい。

一緒に中庭のサッカー部のブースを見にいこうかなんて話してたけど、もうほかの友達にさそわれちゃったかな。

一応連絡してみようと思い、スマホからメッセージを送ってみる。そしたらすぐに返事が返ってきて。

『今ちょっと友達に呼ばれてて、終わったら蛍のとこ行くね！

サッカー部のブース私も行きたいから一緒に行こう！　中庭で待っててくれる？』

それを見て、再び中庭へと向かうことに。

加奈子ちゃんたら、ほかの友達と一緒にいるのに、わざわざ私のところまで来てくれるんだ。そう思うとちょっとうれしい。

軽やかな足取りで中庭へと駆けていく。

すると、サッカー部のブースにはまだ結城先輩の姿があったのでホッとした。

よかった。これで加奈子ちゃんも先輩に会えるよね。

中庭のすみのベンチに座って、加奈子ちゃんを待つ。

ちょうど木陰《こかげ》になっていたので涼しくて、時々吹きぬける風が肌に心地よかった。

ヒマだったので、なんとなくポケットからさっきのスーパーボールを取りだしてみたりして。

碧空くんにもらった、ウサギの絵のついたボール。

見ると思わず顔がニヤけてしまう。

さっきはうれしかったな。

碧空くんは、あのあとちゃんと着替えたのかな。

そういえば、よく考えたら私、今碧空くんのTシャツを着てるんだった。

袖《そで》を通したらほんのりと碧空くんの匂いがして、それにちょっとドキドキしたんだっけ。

パッと見ではただの黒いTシャツだし、誰のものかまではわからないと思うけれど、やっぱり男物だからサイズが大きくてぶかぶかだ。

碧空くんがさっきまでこれを着てたんだと思ったら、なんだかくすぐったい気持ちになった。

するとその時、前方《ぜんぽう》から人影が近づいてきて、加奈子ちゃんかな？　と思って顔をあげたら、違った。

浴衣姿の女の子。美希ちゃんだ。

え、どうして……。

彼女はまたしてもなぜかすごくこわい顔で私を見つめている。なんだろう。

ドキドキしながら固まっていると、彼女が口を開く。

「ねぇ、そのTシャツ、碧空のだよね？」

「えっ……」

その言葉を聞いた瞬間、ビクッとして心臓がとまるかと思った。

ウソ。なんでわかったんだろう。

「どうして柏木さんが、碧空のTシャツ着てるの？」

そう問いかける彼女の顔は、いつになく険しくて。責められているようで、わけもなくうしろめたい気持ちになる。

だけど、違うなんてウソをつくわけにもいかない。

きっと彼女には見ただけでわかるんだ。これが碧空くんのものだって。

「あ、えっと……これは、さっき私が他校生にヨーヨーをぶつけられて、シャツが濡れちゃって。着替えがなくて困ってたら、たまたま近くにいた碧空くんが貸してくれたの」

「へぇ、そうだったんだ」

「う、うん。だから、ほんとにたまたまで……」

なんだろう私。まるで言いわけをしているみたい。

悪いことをしたわけではないはずなのに。

それを聞いた美希ちゃんは、「ふーん」と言いながらうなずくと、少し考えこんだように黙ってしまう。

だけどすぐに、フッと不敵《ふてき》に笑ってみせた。

「まぁ、碧空って誰にでもやさしいからね。勘違いするよね」

「……っ」

思いがけないことを言われて、ますます戸惑う私。

「でも、あんまり期待しないほうがいいと思うよ。今は誰ともつきあう気ないって言ってたし」

「えっ？」

期待する……？

なにそれ。どういう意味なんだろう。

「あ、ごめん。よけいなお世話だったよね。それじゃ、またね」

少しバカにしたような笑みを浮かべて、手を振りながら去っていく彼女。

私はなんとも言えないモヤモヤした気持ちのまま、手に持っていたスーパーボールをぐっと握りしめた。

どうしよう。今の言葉、なんだかすごくイヤミっぽく聞こえたけど……。

まるで、私が碧空くんを好きみたいな言い方だった。

たしかに、やさしくされて少しときめいていたところはあったけど、うぬぼれていたつもりはないのに。

やっぱり私、美希ちゃんによく思われてないのかな。

でも、彼女は碧空くんのことが好きなんだから、今のはそう思われても仕方ないのかも。

なんて、考えだしたらモヤモヤがとまらなくなって。

さっきまでは楽しい気分だったのが、一気に落ちこんだような気分に変わってしまった。

碧空くんと矢吹くん

二日間続いた文化祭も無事終了し、後日私は碧空くんに借りたタオルとTシャツを返しにいった。

一組の教室をのぞいたらちょうど碧空くんがいて、すぐに気がついて廊下にでてきてくれて。偶然にも美希ちゃんはそこにいなかったので、なんだかホッとした。

この前あんなことを言われたのもあったし、なんとなく彼女の前で碧空くんと話すのは気まずかったから。

「あの、碧空くんこれ、すごく助かりました。ありがとう。ちゃんと洗ってアイロンかけたから」

Tシャツの入った紙袋《かみぶくろ》を彼に手渡す。

「おう、サンキュ。って、アイロンまで?」

「うん」

「わー、さすが蛍。マメだなー。感動した」

「そ、そんなことないよっ」

「わざわざありがとな」

碧空くんはそう言ってニッコリ笑うと、いつものように私の頭にポンと手をのせ、そっとなでる。

見上げると目があって、そしたらまたやさしく微笑んでくれて。

まるでつきあっていた頃のような距離感に、またしてもすごくドキドキしてしまった。

なんだろう。昔からそうだったけど、碧空くんは時々わけもなくこうして私の頭をなでてきたりするんだ。

別れた今でもそれは変わってない。

クセなのかなって思ってたけど、時々勘違いしてしまいそうになる。

きっと、とくに深い意味はないのに。

自分が彼にとって特別なんじゃないかと思えてしまうくらいに、最近の碧空くんはやさしいから。

それをうれしいって思ってる自分がいるのも事実。

バカだよね。今さら……。

こんなのじゃ私、美希ちゃんにあんなふうに言われてしまっても、仕方がないのかもしれないな。

二時間目の授業は体育。

そろそろ本格的な夏が近づいてくるかなという今日この頃、体育館の中は生徒たちの熱気に包まれて、いつになく暑かった。

今週から体育は体育館での授業となり、男子はバスケ、女子はバレーをそれぞれやることになっている。

先ほど一回目の試合を終えてヒマになった私は、加奈子ちゃんに連れられて男子のバスケの試合を見学していた。

今はちょうどうちのクラスの男子チームと、一組の男子チームが対戦しているところで。

「きゃーっ！　矢吹くん‼」

「すっごーい！　なに今のシュート！」

先ほどから女子たちの視線を一身《いっしん》に浴びているのは、なんと、あのクールな一匹狼の矢吹くんだった。

普段あまりみんなと絡まないし、これと言って目立った行動はしない彼だけれど、体育の時間は違う。

とくにバスケットボールを持つと別人みたいで、ひとりだけとびぬけてうまいんだ。

それには女子たちも興味津々《しんしん》の様子で、もとから彼は結構人気があったんだけど、バスケの授業が始まってから、人気が急上昇したような気がする。

「すごいね、矢吹くん！　普段感じ悪いけど、バスケしてるとめちゃくちゃカッコいいじゃん！」

　となりで加奈子ちゃんが興奮気味に話している。

「蛍もそう思うでしょ⁉」

「う、うん」

「見直したでしょ⁉　どう？　矢吹くんのこと、ちょっとはいいなって思った？」

「えぇっ！」

　まるで矢吹くんのことを好きになれとでも言うような口ぶりに、戸惑ってしまう私。

　加奈子ちゃんは相変わらず矢吹くんのことをものすごく推《お》してくるんだ。どうしてかな。

　たしかにバスケをしている彼はカッコいいと思う。

　だけど、男の子として興味があるかっていうと……どうなんだろう。

「矢吹くーん！　がんばれ～！　ほらっ、蛍も応援して！」

「えっ、それはちょっと、恥ずかしいよ……」

「蛍が応援すれば彼もやる気倍増《ばいぞう》だよ！　ほらっ！」

ニヤリと笑う加奈子ちゃんにバシッと肩を叩かれて、ことわれなくなる。

私の応援なんかでやる気倍増だなんて、そんなことあるわけないと思うんだけどな。

「が、がんばれ〜っ……」

仕方なく、小さな声でこっそりエールを送ってみる。

うぅ、やっぱり恥ずかしい。

そしたらそこで、偶然にも矢吹くんがこちらを振り返った。

一瞬目があってドキッとする。

あれ？　今の、聞こえてた？　まさかね……。

すると次の瞬間、彼はジャンプしてスッと腕を伸ばしたかと思うと、涼しい顔でまた一本シュートを決めてみせた。

「きゃあぁぁ〜っ！　また入れた〜！」

「矢吹く〜ん！　素敵〜‼」

女子たちの歓声がわきおこる。

す、すごい……。

どうしてあんなに軽々《かるがる》とシュートできちゃうんだろう。

思わずボーっと見とれていたら、ちょうどそこでピーッと試合終了の笛《ふえ》が鳴った。

「やった！　矢吹くんのおかげで今回は三組がボロ勝ちしたね！」

加奈子ちゃんが大よろこびしている。

でもたしかに、さっきうちのクラスのもうひとつのチームは負けちゃったみたいだから、今回は勝ててよかったな。

「さすが、元バスケ部エース！」

「あ、矢吹くんってバスケ部だったの？」

「うん、そうだよ〜。中学時代は県大会で優勝したこともあるらしいから。すごいよね」

「へぇ〜っ！　すごいっ」

どうりであんなにうまいわけだ。

それなのに、高校ではどうしてバスケ部に入らなかったんだろう。

たしか、矢吹くんって帰宅部だよね？　少しもったいない気がするなぁ。

「よしっ！　矢吹くんたちのチーム、次はさっきの試合で勝った一組Aチームと対戦だよ。決勝戦だね！　ひき続き応援しなくちゃ！」

加奈子ちゃんはバレーそっちのけで気合たっぷりだ。

さすが、体育の時はいつにもまして熱いなぁ。

でも私も試合を見ているのはすごく楽しかったので、せっかくの決勝戦だから自分も見たいなと思った。

「一組Aチームはあれだよ、碧空くんたちがいるチーム！」

そう言われてドキッとする。

あ、そうか。次は碧空くんたちのチームと対戦なんだ。それはますます気になるかもしれない。

碧空くんって運動神経抜群《ばつぐん》だから、サッカー以外のほかのスポーツも全部得意なんだよね。きっと大活躍するんだろうなぁ。

そんなことを考えていたら、うしろから急にポンと肩を叩かれた。

「よっ」

「えっ？」

聞きおぼえのある声に振り返ると、そこにいたのはなんと、碧空くん本人。

「あ、碧空くん！」

ウワサをすれば……。

「すごかったな、今の試合。見てた？」

「う、うんっ」

碧空くんも今の試合見てたんだ。

「あの矢吹ってやつ、マジでうまいな。元バスケ部かな？」

「うん。なんか、そうみたいだよ」

なんて、私も今知ったばかりなんだけど。

私が答えると、なにやらちょっと渋《しぶ》い顔をして、うんうんとうなずいてみせる彼。

「へぇー、どうりでうまいわけだ。手強《てごわ》そう」

そしてチラッと私のほうを見ると。

「蛍ってさ、アイツとよく話してるよな？」

「……へっ？」

思いがけないことを聞かれてビックリした。

なにそれ。よく話してる？　私と矢吹くんが？

「そ、そうかな？」

「うん。仲いいのかなって思ってた」

ウソッ！　そんなふうに思われてたんだ。

「えぇっ！　べ、べつに、そんなことないよっ！」

私が両手をブンブン振りながら全力で否定してみせると、碧空くんはボソッとひとり言のようになにかつぶやく。

「……ますます負けてらんねー」

「えっ？」

だけど、なんて言ったのかはハッキリ聞きとれなくて、ポカンとしていたら、そこにちょうど先生の声が聞こえてきた。

「おーい！　男子決勝戦やるぞー！　一組Aチームと、三組Bチーム集合！」

「あ、やべ。行かねぇと」

その瞬間、ふいに私の手首をギュッとつかむと、そのまま自分のほうへとひきよせる碧空くん。

同時に私の耳もとに顔を寄せ、小声でささやく。

「なぁ、蛍。俺に〝がんばれ〟って言って」

「……っ！」

その甘い声にドキッとして顔をあげると、彼の瞳《ひとみ》がまっすぐに私を見つめている。

わぁっ。碧空くんったら、急にどうしたのかな。

あまりにも距離が近いから、ドキドキしすぎて心臓の音が聞こえちゃうんじゃないかななんて思ってしまう。

「あ……、が、がんばってねっ！」

照れながらもエールを送ったら、彼は満足したようにニコッと笑って、それからすぐに手をパッとはなした。

「ありがと。よし、やる気でた」

そう告げると、コートへと走りさっていく碧空くん。

「……」

私はその場にじっと固まって、動けなくなる。

胸の高鳴りがおさまらなくて。

ねぇ、なんだったんだろう、今のは。いったいどうとらえたらいいの？

碧空くんはどうして私の言葉で、やる気がでたなんて言うのかな？

――ピーッ！

笛の音とともにバスケの決勝戦が始まる。シューズと床のこすれる音が鳴り響《ひび》く。

今回はさすが、勝ったほうのチーム同士なだけあって、どちらもゆずらないといった感じの熱い戦いが繰り広げられていた。

なかでもやっぱり矢吹くんはすごく目立っている。

だけどもうひとり、圧倒的な存在感を放《はな》っているのが、碧空くんだ。

碧空くんは中学からずっとサッカー部のはずなのに、現役バスケ部員顔負けの活躍ぶりで、そのプレーにみんな目をうばわれている様子だった。

すごいなぁ。本当にスポーツならなにをやっても上手なんだ。

「うっわ～、碧空くんもうまいね！　大活躍じゃん！　あの人サッカー部なんじゃないの？」

となりで一緒に見学していた加奈子ちゃんが感心したように声をあげる。

「きゃーっ！　碧空くんすごーい！」

「カッコいい〜！」

ほかの女子たちも口々に騒ぎだす。

私も彼の姿を見ていたら目が釘《くぎ》づけになってしまって、ますます胸のドキドキがとまらなかった。

普段はニコニコやわらかい笑みを浮かべている彼も、スポーツをしている時は、闘志に満ちた真剣な表情になる。

このギャップがすごく好きだったなぁ、なんて思い出して。

やっぱり、カッコいいなぁ……。

「三組ファイトー！」

「一組がんばれー！」

いつの間にかどんどん人が集まってきて、みんな自分のクラスを応援しはじめる。

だけど私は結局、最後までずっと碧空くんのことばかりを目で追っていた。

キラキラしている彼から目がはなせなくて。

結果は矢吹くん率《ひき》いる三組のチームが勝って、見事《みごと》優勝。

二点差だったから本当にギリギリだったんだけど、最後同点だったところに、矢吹くんが残り五秒でもう一本シュートを決めて、勝利へと導《みちび》いたんだ。

さすが、元バスケ部エース。

でも、どちらのチームも強かったし、すごい試合だったな。

「ヤバい！　なに今の試合、すごかったね～！　見ててドキドキしちゃった！」

試合を見終わった加奈子ちゃんも大興奮してる。

「うん、激戦《げきせん》だったね。私も見てて楽しかった」

「矢吹くん人気がまたあがっちゃうね～」

そう言われてチラッと矢吹くんのほうに目をやると、さっそく女子たちに囲まれて
ハーレム状態になっている。

すごい。モテモテだなぁ。

だけど彼はそれをまったくよろこんでいる様子はなく、迷惑そうに顔をしかめると、
すぐにその場から逃げだしてしまった。

こちらへ向かって早足で歩いてくる。

そしてなぜか、私のとなりに並んだかと思うと、ため息をひとつついて。

「はぁーっ。うっぜ」

なんてつぶやきながら、そのまま壁《かべ》にもたれて、首に巻いたタオルで汗を拭きはじめた。

試合直後なのでまだ少し息があがっている。

「あ、あの……おつかれさまっ」

あえて私に話しかけにきたわけではないと思うけれど、一応声をかけてみる。

そしたら矢吹くんは視線を下に落としたまま聞いてきた。

「今の試合、見てた？」

「う、うん。見てたよ。すごい大活躍だったね。優勝おめでとう！」

私がそう言うと、彼は一瞬こちらをチラッと見て、それから視線をもとにもどす。

「まぁ、久々に本気だしたからな」

「えっ、そうなの？」

「うん。意外と手強かったし。なんとかギリギリ勝てたけど」

どうやら碧空くんたちのチームのことは、矢吹くんでも手強いって思ったみたい。

「そうだね。一組も強かったもんね」

「だろ。ガチでやったらマジでつかれた。でも、カッコ悪いとこ見せらんねーからな。バ柏木に」

……えっ？

その言葉に一瞬固まった。

あれっ？　今、バ柏木って。

「えっ、あ……わ、私⁉」

あわてて聞き返すと、矢吹くんは壁から背中をはなす。そして、くるっとこちらに向きなおると、真面目な顔でじっと私を見た。

「うん。お前が見てるから本気だした」

「えぇっ！」

な、なにそれ。どういう意味？

矢吹くんの意味深《いみしん》な言動に、鼓動が速まる。

どうしちゃったんだろう。矢吹くんたら急に。

「え、えっと……」

だけど私がなにも答えられなくてうろたえていたら、彼はフッと意地悪く笑ってみせた。

「って、冗談だっつーの。なんだよその顔」

「なっ！」

なんだ……。結局冗談だったみたい。ビックリした。

しまいには、「真に受けてんじゃねーよ。アホ」なんて言いながらクスクス笑いだしたので、私はなんだかとても恥ずかしくなった。

また、矢吹くんの冗談を真剣に受けとってしまった。

真面目な顔して言うから、ホントなのかウソなのかわからないよ。

私、矢吹くんにイジりやすい人だと思われてるのかな？

だけど、いつも無表情な彼がめずらしく笑っている様子を見たら、なんだかレアなものを見たような気持ちになって、少しだけうれしかった。

矢吹くんって、笑うとちょっとかわいいんだな。

もっとみんなの前でもこんなふうに笑えばいいのにな。


——キーンコーン。

三時間目の授業の終わりを知らせるチャイムが鳴る。

私は英語の教科書とノートを机の中にしまうと、席を立ち、すぐに黒板へと向かった。

今日は日直《にっちょく》だから、黒板を消さなくちゃいけないんだ。

黒板消しを手に持って、粉《こな》が飛ばないようにそっと文字を消していく。

英語の中田《なかた》先生は板書《ばんしょ》をよくするので、黒板にはびっしり文字が敷きつめられていて、消すのがなかなか大変だった。

そして、毎度のことだけど、背が低いので上のほうに手が届かない。

腕をピンと伸ばして背伸びをしてがんばってみる。

だけど、どうしてもてっぺんまでは届かなくて、ずっと手を伸ばし続けていたらだんだんと腕がしびれてきてしまった。

うぅ、ただ黒板を消すだけなのに、こんなに苦戦《くせん》するなんて。

仕方なく今度はジャンプしてみる。

だけどやっぱりうまく消せなくて。

どうしよう……と思っていたら次の瞬間、急に背後で人の気配がしたのと同時に、右手がなにか温かいもので包まれた。

……えっ？

耳もとで、意地悪な低い声が響く。

「なにしてんだよ。ぜんぜん消せてねーじゃん」

「わっ！」

おどろいてうしろを振り返ったら、そこにはあきれたような笑みを浮かべる矢吹くんの姿が。

「あっ、や、矢吹くんっ……」

矢吹くんは私の右手を黒板消しごとつかんでいて、まるでうしろから体ごと覆《おお》われているみたいな体勢に、思わずドキッとしてしまった。

「貸せよ。俺が消す」

彼はそう告げると、私の手から黒板消しをサッとうばって、そのまま板書の字を消しはじめる。

長身《ちょうしん》の彼は、背伸びをしなくても楽に上のほうの字まで消せるらしく、あっという間に黒板がピカピカになった。

「あ、ありがとう！」

感激してお礼を言うと、手でパンパンとチョークの粉を払いながらふぅっとため息をつく彼。

「……べつに。じれったくて見てらんなかっただけ。お前身長何センチなの？」

「えっ？　えっと、一五四だよ」

「ちっさ」

小さいって言われちゃった。

そりゃ、矢吹くんに比べたらずっと小さい気がするけれど。

「や、矢吹くんは？」

「俺？　俺は一八〇センチ」

「わぁっ、すごい。やっぱり背高いんだね」

だからバスケのシュートもあんな軽々と入っちゃうのかな。

思わず軽く拍手《はくしゅ》なんかしてしまう。

すると、矢吹くんはなぜか私の手もとに目をやると、眉間《みけん》にシワを寄せて。

「つーか、柏木の腕ほっそ。折れそうだな。ちゃんと食ってんのかよ」

「えっ！　た、食べてるよっ」

「手もちっせぇ」

そう言われて、自分の手をじっと見てみる。

たしかに手はもとから小さいほうだとは思う。

「そう、かな？」

「うん。だって、ほら」

そしたら矢吹くんはなにを思ったのか、急に右手をパーにして、私の左手にピタッとあわせてきた。

まるで大きさ比べをするみたいに。

「ほ、ほんとだ……。矢吹くんの手、大きいね」

彼の手はいかにも男の子の手って感じでゴツゴツしていて、私の手よりふたまわりくらい大きく見える。

だけどそんなことよりも、こんなふうに男の子と仲良く手をあわせていることに少し動揺している自分がいて。

どうしたのかな、矢吹くん。今日はいつも以上によく絡んでくるような……。

「ふっ、お前が小さいんだよ。子どもみてぇ」

彼はそう言うと、手をあわせながらクスッと笑う。

その表情がいつになくやさしかったので、思わず少しだけドキドキしてしまった。

矢吹くんってこういう顔もするんだ……なんて。

なんだか最近よく笑ってくれるような気がするな。

「……蛍！」

するとその時、すぐそばの教室入り口から、誰かが私を呼ぶ声がした。

あれ？　この声は。

ハッとして振り返ると、なぜかそこには碧空くんの姿が。

どうしたんだろう。

目があうと、こっちにおいでと手招《まね》きする彼。

「碧空くん、どうしたの？」

駆けよっていったら、碧空くんはいつもどおり爽やかな笑みを浮かべて言った。

「おう。ごめんな、急に。実は俺、英語の教科書忘れてさ。蛍持ってる？」

英語。それなら今終わったばっかりだ。

「あ、うん。持ってるよ」

「マジで。貸してもらってもいい？」

「うん、いいよ！」

言われてすぐに自分の机まで教科書を取りにいく。

実はこうやって彼が私に物を借りにきたりするのは、高校入学以来初めてだったりして。

碧空くんはほかのクラスにもたくさん友達がいるはずなのに、私のところまで借りにくるなんて。

意外だなとは思ったけど、ちょっとうれしい。

「はい、これ。私はもう授業終わったから、返すのはいつでもだいじょうぶだよ」

私がそう言って教科書を手渡すと、笑顔で受けとる彼。

「うん。ありがとな」

それから、いつものようにもう片方の手で、私の頭をポンポンと触ってやさしくなでてきた。

だけど次の瞬間、その手が急に頭の上でとまったまま動かなくなって。

不思議に思って見上げると、彼と目があう。

……えっ？

よく見ると碧空くんの瞳は、なぜか切なげに揺れている。

どうしてそんな顔をするの？

「蛍、手だして」

「えっ、手？」

「うん。こうやって」

そして急に手をだすように言われたので、差しだしてみたら、彼は私の左手にピタッと自分の右手をあわせたかと思うと、そのまま顔をゆっくりと近づけてきた。

碧空くんの額が、私の額にコツンとぶつかる。

わあぁ、どうしよう。

一気に心拍数があがって体が熱くなる。

碧空くんは私の目をじっと見つめながら、ボソッと小さな声でつぶやく。

「蛍の手が小さいのなんて、俺はずっと前から知ってる」

「……っ」

思いがけないひとことに、一瞬心臓がとまるかと思った。

なにそれ。どうしてそんなことを？

「……なんてな。それじゃ、また」

それだけ言うと、碧空くんは教科書を持ったままくるっと背を向けて去っていく。

……どうしよう。ねぇ、今のはいったいなんだったんだろう。

考えれば考えるほど、胸の奥がざわざわして落ち着かなくなる。

もしかして碧空くん、今の私と矢吹くんのやりとりを見てたのかな?

だからわざと、同じようなことをしたの?

今言った彼のセリフが、まるでさっきの矢吹くんに対抗してるみたいな言い方に聞こえたものだから、また勘違いをしてしまいそうになる。

まさかね。気のせいだよね……。

碧空くんにふれられた手のひらが、額が、熱い。

さっき矢吹くんにふれられた時よりも、たぶん、ずっとドキドキした。

もうはなれたくない

　七月に入った。

　日に日に暑さが増していくなか、期末テストをひかえ、みんなだんだんとそわそわしはじめる。

　先生も口を開けばテストの話ばかりだし、のんびりとかまえているわけにもいかなくて、自分も少しずつ焦りを感じていた。

 テスト範囲も広いし、早めに対策をしておかないと、あとで大変なことになりそう。

「あ〜っ、テスト、ヤバい。ほんとヤバい。範囲広すぎてなにからやっていいかわかんない」

「だよね。私も今回かなりきついかも」

「えーっ、蛍は余裕《よゆう》でしょ！」

「そんなことないよっ！」

　加奈子ちゃんとふたり、学食で冷やし中華《ちゅうか》を食べながらテストの話をする。

　暑くなってきたせいか、エアコンが効いて涼しい学食内はかなり混みあっていて、あまり空席《くうせき》がないなか、ようやく端っこに席を取ることができたんだ。

お昼休みは唯一の至福の時。

「だって蛍は頭いいもん～。この前の中間だって普通に五十位以内には入ってたでしょ？　私百位以内にすら入ってないし、数学とか下手したら赤点《あかてん》だよ～」

「ううん、あれはたまたまだよ。でも、私に教えられるところがあれば、教えるよ」

「ほんと⁉　助かる～！　じゃあ今度一緒に勉強しよ！」

「うん！」

加奈子ちゃんとは相変わらず仲良しで、毎日一緒に過ごしている。

夏休みにはふたりで遊ぶ約束もしたし、だんだんと自分のなかで友達と過ごす日常が当たり前になってきた。

文化祭をきっかけにクラスの子とも話す機会が増えたし、このまま夏休みが来てしまうのがちょっとさみしいくらいに、今は学校が楽しいと思える。

ほんとにありがたいというか、恵《めぐ》まれてるなぁ。

「あっ、結城先輩だ～！」

するとそこで、いつものように加奈子ちゃんが結城先輩の姿を発見。

先輩は食べ終わった食器を返却口に返しにいくところだったらしく、ちょうど私たちの席の近くまで来たので、話し声までしっかりとこちらに聞こえてきた。

「マジで、だいじょうぶかよ」

「さっきメッセージ送ったらそう言ってましたよ」

よく見ると先輩は、同じサッカー部のマネージャーである美希ちゃんと話をしている。


彼女の姿を見ると思わず体がこわばってしまう。

この前のこともあるし、目があったらどうしよう、なんて考えて。

となりには、いつも一緒にいる孝太くんらほかのサッカー部メンバーもいる。

だけど、あれ？　どうしてだろう。今日は碧空くんの姿がない。

たまたま今日は一緒にお昼を食べなかったのかな？

「まさか、あの碧空が熱でダウンとはなー」

……えっ！

続いて聞こえてきた結城先輩の言葉に、心臓がドキッとした。

ウソ。碧空くんが、熱？

そっか。だから今日は彼の姿がないんだ。

「昨日あんなに元気だったのに、ビックリですよね」

「だよな。テスト前に熱だすなんてアイツも災難だな」

「ですよね。だいじょうぶかなー？　数学とか赤点取らないといいけど」

「あー、うちの顧問、赤点取ったらレギュラー外すからな」

「えーっ！　じゃあ碧空ヤバいかも。サッカーできても勉強はダメだからなぁ」

そんな会話を聞いていたら、他人事ながらだんだんと心配になってくる。

そして、冷やし中華を食べる手が、いつの間にかとまっていた。

「おーい、蛍。だいじょうぶ？　食べてる？」

「あ……。うんっ」

加奈子ちゃんに言われて、あわてて再び麺《めん》を口に運《はこ》ぶ。

「どしたの？　急に固まって」

「う、ううんっ。なんでもないよっ！」

結城先輩たちの話に聞き耳を立てていたとは言えず、不自然な笑顔でごまかしてしまった。

それにしても、碧空くんが熱で休んでたなんて。

テスト前のこの時期に風邪をひいちゃったのもかわいそうだけど、たしか、碧空くんの家は両親ともに遅くまで働いてるし、昼間は誰もいないから、きっとひとりだよね。

ひとりで寝こんでいるのかと思うと、ますますだいじょうぶなのか心配だ。

べつに、私がわざわざ気にすることじゃないとは思うけど、熱はどのくらいでたのかなとか、家に誰もいなくて困ってたりしないかなとか、そんなことばかり考えてしまって。

結局食べ終わるまでの間ずっと、私はそのことで頭がいっぱいだった。

――キーンコーン。

五時間目の終わりを告げるチャイムが鳴る。

とたんに騒がしくなった教室の中、私は自分の席で手にスマホを握りしめながら、

ずっと悩んでいた。

メッセージアプリの友達リストをながめながら、考えること数分。

中学時代に交換《こうかん》した彼の連絡先は、たぶんまだ変わっていない。

リストの中にある〝柊木碧空〟の名前。

アイコンはサッカー部のユニフォーム姿の彼の写真。

もうずっとメッセージのやりとりをすることはなかったけれど、連絡先は消さずに

残ってる。

私は、本当にバカなのかもしれないな。

だって今、彼に何年ぶりかのメッセージを送ろうなんて考えているんだから。

『熱、だいじょうぶ？』

たったそのひとことが聞けなくて、もう五分間くらいこうして迷っている。

よけいなお世話だってわかってるのに、どうしても気になって、さっきから彼の名前をタップしては閉《と》じて、を繰り返しているのだった。

メッセージを送られてもきっと、彼にとっては迷惑なだけなのに。

私はいったいなにがしたいんだろう。

彼のことを心配する権利すら、今の私にはないかもしれないのに。

やっぱり、やめとこう……。

そう思って、もう一度彼のアイコン画面を閉じようと指を伸ばす。

だけど私はその時、なぜか間違えて左下の通話ボタンをタップしてしまった。

その瞬間、電話がかかる。

「……あっ！」

ヤバい、どうしよう！

あわてて通話終了のボタンを押したけれど、彼のスマホには、私からの着信履歴《りれき》が残ってしまったに違いない。

一気に頭が真っ白になる。

なにやってるの、私。

『だいじょうぶ？』ってメッセージを送るならまだしも、学校にいる間に彼に電話をかけちゃうなんて。

いくらうっかり押し間違えただけとはいえ、恥ずかしくて申し訳なくてたまらなかった。

碧空くん、絶対ヘンに思ったよね。

すぐに『間違えてごめんなさい』って送らなくちゃ。

だけどそんな時、今度はスマホがブルブルと震えだして。

ハッとして画面を見てみると、そこには〝柊木碧空〟の名前で着信を告げる表示が。

まさか、碧空くんからすぐにかけ直してくれるとは思わなかったので、ものすごく動揺してしまった。

ど、どうしよう。これは、でたほうがいいよね？

素直に「間違えてごめん」って謝ればいいかな。

そう思っておそるおそる電話にでてみる。

すると、スピーカーの向こうから、彼のかすれた声が響いてきた。

『……もしもし、蛍？』

少し弱ったような、いつもより低い声。息も荒く、苦しそう。

だけど、その声はどこかなつかしくも聞こえて、胸がきゅっとしめつけられる。

碧空くんと電話なんて、もう何年ぶりだろう。

「あ、も、もしもしっ……」

『今、電話した？』

「あっ、うん。でも違うの、これはっ……。ちょっと今、間違えて通話ボタンを押しちゃって。ご、ごめんなさいっ！」

緊張のあまり、震える声で謝る私。

するとそれを聞いた碧空くんは、電話の向こうでクスッと笑ってみせた。

『ははっ、なんだ。ビックリした。いきなり蛍から電話きたから何事かと思って』

「うぅ、ごめんねっ」

『だいじょうぶだよ。今、休み時間？』

「あ、うん」

まったくもって迷惑そうにしない彼は、やっぱりすごくやさしいなと思う。

今、熱をだしていてしんどいはずなのに。

『そっかー。じゃあ、せっかくだからなんか話すか』

「えっ！」

しかも、すぐに切ろうとするどころか、思いがけないことを言いはじめて。

「で、でもっ、碧空くん熱があるんじゃ……。だいじょうぶなの？」

あわてて聞き返したら、碧空くんは少しおどろいた声をだした。

『えっ、蛍知ってるんだ。俺が熱だしてんの』

「あっ……」

ヤバい、そうだった。たしかになんで私が知ってるんだって思うよね。

「えっと、それは、さっき美希ちゃんたちが話してたのをたまたま聞いて……」

『あぁ、そっか。そうなんだよ。さっき計《はか》ったら三十九度もあってさ』

「え〜っ⁉ だ、ダメだよっ！ それは寝てなくちゃ！」

大変だ。まさか、そんなに熱が高かったなんて。

電話なんかしてる場合じゃない。

『ははは。でも俺、さっきからずっと寝てて、今起きたところだし、だいじょうぶだよ』

「でもっ……」

『蛍ともうちょっと話したい』

「えっ？」

『ひとりでヒマだったし。なんか、電話するの久しぶりだよな』

そんなふうに言われると、なんだかまたなつかしい気持ちがこみあげてくる。

そういえば、つきあっていた頃は、碧空くんからよく電話をかけてくれたなぁって思い出した。

「そ、そうだね。今、家に誰もいないの？」

『うん。親は仕事だから』

「だいじょうぶ？　食べるものとかある？」

『あー、だいじょうぶ。あんま食欲ないし、たぶん冷蔵庫《れいぞうこ》になんかあると思う』

「えっ。なにも食べてないの？」

『うん』

「ウソッ！　ちょっとでもなにか食べたほうがいいよ。ほら、ゼリーとか」

『あ、ゼリーいいな。ゼリーなら食えそう』

「あと、水分《すいぶん》もちゃんと取ってね！」

なにも食べていないと聞いて、ますます心配になってくる。

そしたら碧空くんは、スピーカーの向こうでなぜかまたクスクスと笑いだして。

『……ぷっ。蛍、なんかお母さんみてぇ』

「えっ⁉」

お母さん？

『そんなに俺のこと心配してくれてんの？』

聞かれて思わず顔がかぁっと熱くなる。

あぁ、私ったらバカだ。やっぱりよけいなお世話だったかな。

「う、うん。だって……」

『はは、ありがと。すげぇうれしい』

〝うれしい〟なんて言われて、またドキドキと鼓動が速まる。

もちろん、特別な意味だと勘違いしたらダメだとは思うけれど。

少なくとも、迷惑ではないってことだよね。この電話だって。

『……はぁ。やっぱ、変わんないな』

続いて彼はボソッと小さな声でつぶやく。

「えっ？」

だけどそのセリフは、なぜだか少しさみしそうにも聞こえて。

風邪のせいもあるとは思うけれど、やけに元気がなかった。

やっぱりひとりで心細いのかな。

――キーンコーンカーンコーン。

「あ、鳴っちゃった」

『授業始まる？』

「うん、ごめんねっ。それじゃ、お大事にね！」

『ん、ありがとな』

するとそこで、予鈴のチャイムが鳴ってしまったので、通話は途切れた。

──ツーツー……。

碧空くんのかすれた声が耳からはなれない。

電話を切る間際《まぎわ》の碧空くんは少し元気がなさそうに感じられて、そのせいか、六時間目の授業中も私はずっとそわそわして落ち着かなかった。

だいじょうぶかな。三十九度ってかなりの熱だよね？

もし体調が悪化《あっか》しちゃってたりしたらどうしよう。

「ありがとうございましたー」

その日の帰り道、私は電車を降りて家の最寄駅まで着くと、いつもは寄らないコンビニに向かい、スポーツドリンクやゼリーなんかをたくさん買いこんだ。

さっきの電話で朝からなにも食べていないと言っていた碧空くんのことが心配で、結局差し入れを持っていこうなんてバカなことを考えてしまって。

こんなこと、私が出しゃばってするようなことじゃないって、わかってる。

だけど、碧空くんの苦しそうな声が耳からはなれなくて。

三九度も熱があってひとりきりで家にいるなんて、私だったらかなりキツイと思うし、彼が困っている時くらい少しでも助けになれないかな、なんて思ってしまったんだ。

自転車にのって碧空くんの家まで走る。

黒っぽい屋根の二階建ての大きな家。

閑静《かんせい》な住宅街の中にあるその建物は、中学時代に訪れた時と変わっていなくて、見たらまたなつかしさがこみあげてきた。

とりあえず、差し入れだけ置いてすぐに帰ろう。

――ピーンポーン。

インターホンのボタンをそっと押してみる。

すると、意外にもすぐに応答《おうとう》してくれた。

『……はい』

かすれた碧空くんの声。起きてたのかな？

「あ、あのっ、えーっと……」

だけど、いざとなると急に恥ずかしくなってしまって、すぐに名乗ることができない。

まったくなにやってるんだろう、私。

「差し入れ置いておくから食べてください」って言わなくちゃ。

そんな時、いきなり玄関《げんかん》のドアがガチャッと開いた。

「……ほた、る？」

あらわれたのは、Tシャツにハーフパンツ姿の碧空くん。

「あっ！」

わざわざできてくれたんだ。

「マジで？　来てくれたの？」

碧空くんは私の姿を見て、ひどくおどろいている様子。

そりゃそうだよね。まさか家まで来るなんて思わないよね。

私は急いでドアへと駆けよっていった。

「あ、ご、ごめんね！　いきなり押しかけて。これ、たいしたものじゃないんだけど、ゼリーとか飲み物とか入ってるから、よかったら食べて！」

手に持ったコンビニの袋をバッと差しだす。

すると彼は中身をじっとのぞきこんだかと思うと、再び顔をあげ、私の顔をじっと見た。

その表情はやっぱりすごく苦しそう。

「なにこれ。買ってきてくれたんだ？」

「あ、うん」

「マジかよ。ごめんな。わざわざ」

「い、いいのっ。ほんの気持ちだから！　それより出迎《でむか》えてもらっちゃってごめんね。

すぐ帰るから、碧空くんはもう寝てて！」

そう告げて袋をしっかりと彼に持たせる。

つらそうな彼を見ていたら、こんなふうにこの場に立たせていることすら申し訳なくなってきて。

「それじゃ、またっ！」

だけど、私が背を向けてその場から立ちさろうとした瞬間、なぜか腕をギュッとつかまれた。

「待って」

「……っ」

熱い手のひらの感触。おどろいて振り返ると、目があう。

「もう、帰るの？」

そう言って私を見つめる瞳は、切なげに揺れていた。

まるでひきとめるかのように。

「……碧空くん？」

「帰んないでって言ったら、怒る？」

「えっ？」

続いて彼の口から飛びだしてきた思いがけないセリフに、左の胸のあたりがドキッと鼓動した。

ウソ。帰らないでだなんて、そんな……。

「ううん、まさか」

もちろん、そんなので怒るわけがないけれど。

どうしてそんなことを言うんだろう。もしかして、ひとりで心細いのかな？

でも、それはつまり、家にあがるってことだよね？

「じゃあもう少しだけ、いてよ」

息苦しそうにつぶやく彼が、私を玄関の中に招きいれる。

「わ、わかった……」

私は内心戸惑う気持ちでいっぱいだったけれど、結局その願いをことわることができなかった。

だって、碧空くんにあんな顔をされたら、ほっとけるわけがないよ。

あんなに切なそうな目をされたら……。

ドキドキと心臓の音が高鳴る。

いけないことをしているようなどこかうしろめたい気持ちと、もう少し一緒にいられてうれしい気持ちが一緒になって、自分でもなんだかよくわからなかった。

久しぶりに足を踏みいれた彼の部屋は、昔とあまり変わっていなかった。

見覚えのある机に本棚、そしてベッド。鼻をくすぐるなつかしい匂い。

まるで中学時代にタイムスリップしたみたいに感じてしまう。

碧空くんはベッドに腰掛けると、さっそく私が持ってきたドリンクゼリーを口にしてくれた。

「あー、冷たくてうまい」

「ほんと？　よかった」

「うん。生き返った」

さすがにお腹がすいていたのか、あっという間にそれを飲み干してしまう彼。

聞いたら朝から本当になにも食べていなかったみたいで、ようやく食べ物を口に入れることができたんだと思ったらホッとした。

さっき家に入る時はちょっとためらってしまったけれど、こんな差し入れで少しでも彼の役に立てたのなら、来てよかったと思う。

「ごめんな、ひきとめて」

続いて碧空くんはベッドに横になると、苦しそうに息をしながらつぶやく。

その表情はひどく恐縮《きょうしゅく》しているように見える。

「ううん、だいじょうぶだよ」

「まさか、蛍が俺のこと心配して来てくれるなんて思わなかったからさ。すげーうれしくて。なんか、もうちょっと一緒にいたくなった」

「えっ……」

ストレートな発言にドキッとする。

どうしよう。一緒にいたいだなんて。

だけどまさか、特別な意味はないよね。やっぱり心細かったのかな?

「よく考えたらテスト前なのに……ごめんな。風邪うつしたりしたらヤバいってのに。ダメだな俺」

急に反省したように困った顔で笑う彼を見て、胸がチクリと痛む。

こういう時でも私に風邪がうつるかもなんてことを考えてくれる彼は、やっぱりやさしい。

そもそも私が来たくて来たんだから、そんなに謝らなくてもだいじょうぶなのに。

「そ、そんなことといいよっ。熱がでたら、誰でもひとりでいるのは心細いと思うし……。心配でほっとけなかっただけだから、ぜんぜん気にしないで。少しでも碧空くんの役に立てたならうれしいよ」

私がそう言って微笑むと、碧空くんはおどろいたように目を見開く。

「ほっとけない? 俺を?」

「えっ、うん」

するとも彼は、急に自分の顔を両手でパッと覆ったかと思うと、なぜか深くため息をついた。

「……はぁ。そんなこと言われたら俺、ヤバい」

「え？」

「うれしすぎて、どうにかなりそ」

「……っ！」

思いがけない彼の発言に、今度は私が目を見開く。

どうしちゃったのかな、碧空くん。そんな大げさな。

「蛍はやっぱ、やさしいよな」

そして、しみじみとした顔でそう言うと、彼は寝返《ねがえ》って体をこちらに向けた。

目があうと、やっぱり少し照れてしまう。

「そんなこと、ないよっ。普通だよ」

「そんなことある」

碧空くんが私の手をぎゅっと握って、自分の頬にピタッと当てる。

「……っ」

その行動にはまたすごくドキドキしてしまったけれど、それ以上に彼の頬がすごく熱くてビックリした。

「ほら、手が冷たいと心があったかいって言うじゃん」

なんて言って、ふにゃっとした顔で笑う碧空くんは、まるで子どもみたいだ。

「そ、それはっ、碧空くんの顔が熱いから冷たく感じるんだよ」

「あぁ、そっか」

「すごい熱だよ。ホントにだいじょうぶ？」

なんだかまたしても心配になってきてしまう。

夕方になってまた熱があがってきたのかな？

「だいじょうぶ。もう元気になったし」

「ウソッ、元気なの？」

こんなに体が熱くなってるのに。

「蛍が来てくれたから、俺はもうだいじょうぶ」

笑いながら、なんの照れもなくそんなことを言ってくれる碧空くんを見ていたら、
胸の奥がきゅっと痛くなる。

一瞬、今でも自分が彼とつきあっているんじゃないかって、そんな錯覚《さっかく》をしてしまいそうになった。

私の手を握る碧空くんの手が、熱い。

そこから熱が伝わって、だんだんと自分の体まで熱くなっていくかのよう。

当たり前のように私にふれてくる彼は、いったい今どんな気持ちでいるんだろう。

これも全部熱のせいなのかな？

そんなよけいなことばかり考えて、ひとりでずっとドキドキしていた。

バカだなぁ。とくに深い意味なんてないはずなのに……。

そのままふたりでしばらくたわいない話をして、その間も碧空くんはなぜかずっと私の手を握っていた。

苦しそうに息をする彼を見ていると、眠らなくて平気なのか心配になってくる。

彼が寝るのを自分が邪魔《じゃま》してたりしないかなって。

だけど、もっとたくさん話したいような気もする。

「あ、この写真……」

途中、ふと横を向いたら、棚に置いてあったある写真立てが目に入った。

飾《かざ》ってあるのは、中学時代のサッカー部の記念写真。

中学二年生の夏、碧空くんたちが市の大会で見事優勝を果たした時のものだ。

トロフィーを持った先輩たちの横に並んで写っている彼の姿を見ると、なつかしい気持ちでいっぱいになる。

この試合、私も応援に行ったんだっけ。つきあいはじめたばかりの頃だったたから。

「あぁ、それな。うちの部が優勝した時の。おぼえてる？」

「うん、おぼえてるよ」

「蛍も見にきてくれたよな」

「うんっ」

「たしか、大会前日に蛍がウチに来てさ、そんで、ストラップくれたの」

「あっ……」

そう言われてハッとする。

そうだ。たしかにあの大会前日、私は碧空くんの部屋に招かれて、その時に例のネコの必勝ストラップを彼にあげたんだ。

試合に勝てますようにって願いをこめて。

この前それがあのパスケースについているのを見た時はビックリしたけど、碧空くんはちゃんとおぼえていてくれたんだね。

「おぼえてたの？」

「うん、もちろん。〝必勝〟って書いてあってさ、そしたら俺らマジで決勝まで行って、優勝して。効果バツグンだったじゃん。あの時はうれしかったな」

当時を振り返るように語る碧空くん。

あの日、本当に優勝できた時は私もビックリしたし、すごく感激した。

それに、そのストラップをあげた日のことは、私もハッキリとおぼえてるんだ。

初めて碧空くんの部屋にお邪魔したこと。初めて彼にプレゼントを渡したこと。

そしてその時、この部屋で碧空くんと初めてキスをしたこと……。

そのあとふたりともすごく照れてしまって、しばらくなにを話していいかわからなくなったんだっけ。

思い出すとなつかしい。そんなこともあったなぁって。

この部屋で、碧空くんと私はたくさんの時間を一緒に過ごしたんだ。

どれも忘れられない大切な思い出ばかり。

そんな思い出がいっぱいの部屋を、こうしてまた訪れることになるなんて思ってもみなかったな……。

しばらくひとりでぼんやりと回想《かいそう》していたら、いつの間にかスースーと寝息《ねいき》が聞こえてきた。

あっ、碧空くん寝ちゃったのかな？

体を起こして、ベッドに横たわる彼の顔をそっとのぞきこんでみる。

すると彼は、私の手を握ったまま、すやすやと穏《おだ》やかな表情で眠っていた。

まだ熱はありそうだけど、さっきより少し呼吸が落ち着いた気がする。

私が部屋にいたら眠れないんじゃないかなんて思ってたけど、無事眠りにつけたみたいでよかった。

それにしてもやっぱり、いつ見てもキレイな顔をしてるなぁ。

肌も白くて、まつ毛なんて女の子みたいに長いし、唇もうすくて、まるで人形みたいだ。

近くで眺《なが》めていると、見とれてしまいそうになる。

こんな彼と自分が昔、つきあっていたんだもの。不思議。

ねぇ、あの時私が逃げたりしなければ、この手をはなしたりしなければ、なにかが違っていたのかな？

今頃、私たちはどうしてたのかな？

彼の寝顔を見ながらふいにそんなことを考えてしまって、なんだかとても切ない気持ちになった。

バカだなぁ、私。

碧空くんの部屋に来て、いろんなことを思い出して、今さらのように昔が恋しくなってる。

私にはそんな資格《しかく》ないはずなのに。

そんなこと、考えちゃいけないよね。

碧空くんは今でも私にすごくやさしくしてくれるし、うれしいことばかり言ってくれるから、時々勘違いしそうになるけれど、それはきっと美希ちゃんの言うように、彼が誰にでも平等にやさしいだけ。

私はもう特別なんかじゃない。今はただの友達だから。

そう自分に言い聞かせて、そっと彼の手をはなした。

そろそろ帰らなくちゃ。いつまでもここにいるわけにはいかない。

少し名残惜しいような気もするけれど……。

「碧空くん、お大事に」

そう言い残して、その場から立ちあがろうとした。その時――。

かすれた声とともに、熱い手で右腕をぎゅっと強く握られて、ベッドのほうへとひきよせられる。

「ほた、る……」

そのまま再び床にしゃがみこむ私。

「そ、碧空くんっ？」

彼の顔をのぞきこむと、うっすらと目が開いている。

手をはなしたせいで起きちゃったのかな？

「ごめん、起こしちゃったね」

私が謝ると、碧空くんはつらそうに顔をゆがめた。

「行くなよ」

「えっ」

「ずっと、俺のそばにいて……」

懇願《こんがん》するような目で見つめられて、胸の奥がぎゅっとしめつけられる。

どうしてそんなことを言うのかな。

やっぱりひとりじゃ心細いから？　それとも……。

ついさっきまでは早く帰らなきゃなんて考えていた私だけれど、それを聞いて、今度は彼がぐっすり眠るまでそばにいてあげようなんて思ってしまった。

「う、うん。わかった！　だいじょうぶ、行かないよ」

私がハッキリそう伝えると、碧空くんはまた私の手を取って、強く握る。

そして、切なげに瞳を揺らしながらつぶやいた。

「もう俺、蛍とはなれたくない」

「え？」

「本当は、はなれたくなんか……なかった」

「……っ」

その言葉に衝撃《しょうげき》を受ける私。

ウソ。今、なんて言った？

彼は私の手を握ったまま、自分の顔の上にもっていき、目もとを覆う。

「俺は、ずっと……き、だ……」

だけど、その今にも消え入りそうな声は、かすれていてハッキリとは聞きとれなくて。

「そ、碧空くん？　あの、今なんて……」

「……」

聞き返した時にはもう返事はなかった。

再びスースーと彼の寝息が静かな部屋に響き渡る。ドキドキと鼓動が速まっていく。

ねぇ、今のはいったいなんだったんだろう。なんて言おうとしたの？

まさか、寝ぼけてただけ、とかじゃないよね？

〝蛍とはなれたくない〟

碧空くんはどんな気持ちで口にしたのかな。

胸の奥がざわざわして、苦しくて、どうしようもなくて。

特別な意味なんてないってわかってるはずなのに、どこかで期待する気持ちをとめられなかった。

あぁ、どうしよう私。ダメだよ……。

どうしてこんな気持ちになるの、今さら。

もうもどれないってわかってるのに。

碧空くんといるとドキドキして、その言葉に惑わされて、結局いつもときめいてしまってる自分がいるんだ。

いけないって思うのに、とめられない。

ずっとずっと閉じこめてきたつもりだった。見ないフリをしてきた。

だけどもうムリ。ごまかすことなんてできないよ。

やっぱり私、今でも……碧空くんのことが好き。

好きなんだ。

今さら気がついたってもう遅いのに。

ねぇ私はこの気持ちを、どうしたらいいの——。

つらすぎる別れ

それは、中学二年生の夏休みに入る直前の出来事。

ある日の放課後、私は同じクラスの碧空くんに突然呼びだされた。

人けのない廊下のすみっこで、照れくさそうに口もとに手を当てながら告白してくれた彼の姿は、今でも忘れられない。

『俺、気がついたらいつも、柏木のこと見てる。柏木のことばっか考えてんだよ』

いつもキラキラしてて、目立ってて、みんなの人気者だった彼が、こんな地味な私のことを好きになってくれるなんて思わなくて。すぐには信じられなくて、一瞬なにかの冗談か罰《ばつ》ゲームなんじゃないかとすら思った。

だって、私と彼じゃあまりにも不釣り合いな気がしたから。

『好きだ。絶対柏木のこと笑わせるから、俺とつきあって』

だけどその真剣な表情は、とても冗談やウソを言っているようには見えなかった。

そもそも彼は冗談でそんなことを言うような人ではなかったし。

半信半疑《はんしんはんぎ》ではあったけれど、それ以上に彼の気持ちがうれしくてたまらなかったので、私はおそるおそる小さな声でうなずいた。

『……はい』

私なんかでいいの？　って何度も思ったけれど。

そう。それは、夢みたいな日々の始まり。

なにもなかった私の毎日が、突然色を変えてキラキラと輝きだしたんだ――。


碧空くんは、本当に飾らない人だった。

正直はじめは、こんな人気者と自分が普通に交際できるのかな、なんてすごく不安で自信がなかった。

彼はすごくモテていたから、きっと女の子とつきあうことにもなれているんだと思ってたし……。

だけど、実際はそんなことはなかった。

初めて手をつないだ時だってそう。

ある日の放課後、一緒に帰っていたら、突然彼が「手、つないでもいい？」と聞いてきて。私は心臓をバクバクいわせながらも、小さい声で「うん」と答えた。

手と手がふれあって、ぎゅっとつながれた瞬間はもう、どうしようもないくらいに恥ずかしくて、照れくさくて。体中《からだじゅう》が沸騰《ふっとう》しそうなくらいに熱くなってドキドキしたんだっけ。

碧空くんはなんのためらいもなくつないできたから、ぜんぜん平気なんだと思ってた。

だけど、手をつないだとたん、急にしゃべらなくなってしまったから、不思議に思って顔をのぞいてみたら、意外にも彼の顔は真っ赤になっていた。

そして目があった瞬間、照れくさそうに笑いながら彼が言った言葉。

「……ごめん。ドキドキして俺、なに話したらいいかわかんない」

それを聞いた時、思ったんだ。

碧空くんでもそんなふうに思うんだって。私と同じなんだって。

それまでまぶしすぎてどこか遠い人のように感じていた彼は、実はごく普通の男の子だった。

最初は緊張してガチガチになっていた私だけど、そんな彼と一緒に過ごすうちに、だんだんと自分も心を開けるようになって、いつからか彼のとなりがとても居心地《いごこち》のいい場所になっていた。

家族以外に気をつかわず話せるようになったのは、実は彼が初めてだったかもしれない。

毎日一緒に帰ったり、一緒に勉強したり、時にはふたりで出かけたり、用もないのに電話をしたり……。

碧空くんはいつだってすごくやさしかったし、私のことをとても大事にしてくれた。

こんな私のどこがいいのか自分ではまったくわからなかったけれど、一緒にいるだけですごく好きでいてくれるのが伝わってきたし、本当に毎日が幸せだった。

どんどん自分も碧空くんに惹《ひ》かれていって、いつしか彼のことが大好きになってた。

少しでも彼に似合う自分になりたくて、彼によろこんでもらいたくて、いっぱい努力したんだ。

ずっとずっとこの幸せが続いてほしいと思ってた。

幸せすぎていつも、失うのがこわかった。

だけど、やっぱりそんな夢みたいな日々は、長くは続かなかった。

＊　＊　＊

中学時代、私はあまり仲のいい友達がいなかった。

ひっこみ思案《じあん》な性格で、話すのが苦手だったため、入学当初からみんなの輪に入れなくて、気がついた頃にはいつの間にか周囲にグループが出来上がってしまっていた。

二年生にあがっても、それは変わらなかった。

自分から話しかけることができない。話しかけられても会話が続かない。人前《ひとまえ》で自分をだすことができなかったので、誰とも深いつきあいができなくて。どこか特定のグループに所属しているというよりは、必死でくっついていっているような感じ。

同じクラスで吹奏楽部に所属していた、マキちゃんと、ユリちゃんという子の仲良しふたり組。その子たちはクラスのなかでも話しやすいほうだったので、そこに時々入れてもらっていた。

お昼はいつも彼女たちと一緒。

だけど、私は一部の派手なクラスメイトたちから目をつけられていて、時々イヤミを言われていたから、彼女たちもそのことは知っていたと思う。

通りすがりに聞こえてくる、『ぶりっこ』『のろま』という声。

その派手な女子たちがこわくて、目立たないように、ひっそりと過ごしていたつもりだった。

だけど、碧空くんとつきあったとたん、私は一気に有名人になってしまった。

夏休みが明けたら学年中に彼とのウワサが広まり、私のことを今まで知らなかった人までがみんな、私をジロジロと見てくるようになった。

なにしろ、うちの学年で碧空くんを知らない人はいなかったから。

下手したら彼は、学年で一番なんじゃないかっていうくらい女子に人気があったと思う。

そんな彼と、こんな地味な私がつきあったんだから、まわりが騒がないはずはなくて。それはもう、いろいろと言われた。

『えーっ、なんであの子なの？』

『やだー、ショック』

『柏木さんのどこがいいのかな？』

人気者とつきあうのは大変なんだということを、実感する。

私のひ弱な精神《せいしん》では、それにたえることができなかった。

「柏木さん、ちょっといい？」

ある日私は、当時クラスで一番派手だった女子、碓井さんに呼びだされた。

彼女は中二にして髪を染めたりピアスを開けたりしていて、ほかの女子たちから一目置かれるとともに、おそれられていた。

「碧空くんのこと、どうやって落としたの？」

「なんでアンタみたいなのが碧空くんとつきあえるわけ？」

「マジで釣り合わないいんだけど」

誰もいない廊下の端で、彼女とその仲間たちに取り囲まれて、つめよられる。

だけど私は、なにも答えられなかった。

こわくて足が震えて、声もでなかった。

「なんか言えよ」

「どうせぶりっこして色目つかって落としたんだろ」

「ちょっと顔がかわいいからって、調子のりすぎ」

しまいには思いきりドンと突き飛ばされて、私は廊下にたおれこんだ。

「さっさとフラれろ、バーカ！」

「地味女！」

「あははは！」

捨てゼリフを吐《は》き、無抵抗な私をバカにするように笑うと、彼女たちは去っていく。

悲しくて、つらくて、思わず目に涙がにじんだ。

私がダメだから、こんなふうに言われるのかな？

私が碧空くんに不釣り合いなのがいけないのかな？

そう思って自分を責めた。

それからも、嫌がらせはどんどんエスカレートして、持ち物を汚されたり、隠されたり、いろんなところに悪口を書かれたりするようになった。

学校に行くのがだんだんこわくなっていった。

それまでは碧空くんに会えるのがうれしくて、むしろ学校に行くのが楽しみだったのに、一気に毎日が憂鬱《ゆううつ》になってしまった。

もちろん、こんな嫌がらせをされていることは碧空くんには言えなかった。

だけど、だんだんと私も学校で元気にふるまうことができなくなって、それには碧空くんも気がついたらしく、とても心配してくれた。

「蛍、だいじょうぶか？　なんか悩んでる？」

「だ、だいじょうぶだよっ。なにもないよ」

「でも最近の蛍、元気ないだろ」

「えっ、そうかな？」

「俺でよかったら話聞くし、頼ってくれていいから。困ったことあったらなんでも言えよ」

そんなふうに言ってくれる碧空くんの存在はすごく心強くて、その時はまだ、彼がそう思ってくれているだけで、たえられるような気がしてた。

碧空くんが私の味方《みかた》でいてくれる。碧空くんが私を好きでいてくれる。

だからだいじょうぶだって。

彼には知られたくなかったし、よけいな心配をかけたくないと思って、必死で平気なフリをしていた。

だけどある日——。

「……っ！」

朝、碧空くんと一緒に登校し、下駄箱から上履《うわば》きを取りだそうとしたら、中からなにかがぽろっと落ちてきた。

紙くずのようなもの。

ドキッとして確認してみると、上履きの中にはゴミがたくさん入っている。すぐに誰の仕業《しわざ》か想像はついた。

まただ。きっと、碓井さんたちの嫌がらせだ。

だけど、今回はこれだけじゃなくて、どうやら上履きにもなにか書かれているみたいで、その言葉を見たとたんギョッとした。

〝ぶりっこ〟、〝のろま〟〝地味女〟〝柊木碧空と別れろ！〟

油性の太いペンで全面に落書《らくが》きされている。

さすがにこんな上履きで教室に行くことはできないし、だからといって先生にも言えない。

どうしていいかわからなくて、その場でしばらく途方に暮れてしまった。

すると、その横から碧空くんが声をかけてきて。

「どうした？　蛍。上履き履かないの？」

ひどく焦った。どうやってごまかしたらいいんだろうって。

「あ、うん……。あの、ちょっと用事を思い出しちゃって……。碧空くん、先に行っていいよ」

今にも泣きだしそうだったけれど、必死で笑顔を取りつくろって話す。

だけど、碧空くんもさすがにそれは不自然に思ったみたい。

「え、用事？」

「あ、うん」

「じゃあ俺もつきあおっか？」

「だ、だいじょうぶだよっ！」

なんて言いながら、上履きを隠そうと下駄箱に背中をはりつけた私を見て、碧空くんが顔をしかめる。

「てか、もしかしてなんか、隠してる？」

「あっ……」

そして結局、それは見つかってしまった。

下駄箱の中を見た瞬間、おどろきの声をあげる彼。

「……っ！　な、なんだよこれ！　誰がこんなこと……」

私はますます泣きそうになって、なにも言えなくなってしまった。

彼にだけは知られたくなかったのに。

「蛍、もしかしてほかにもなにかされてる？」

そう聞いてきた碧空くんは、これが今に始まったことではないと気がついたんだろう。

「誰がやったか心当たりは？」

でも、心当たりがあっても言えなかった。言えるわけがなかった。

碓井さんたちの仕業だなんてバラしたりなんかしたら、それこそただじゃすまされない。

ぶんぶんと首を横に振って知らないフリをする。

そしたら碧空くんは拳《こぶし》をドンッと下駄箱にぶち当てた。

「くそっ、信じらんねぇ。俺が絶対犯人見つけて文句言ってやるから」

普段めったに感情的にならない彼が本気で怒っているのを見て、ますますどうしようかと思い焦った。

「や、やめてっ！」

「え？」

「だいじょうぶだからっ。そんなことしたら、もっとひどくなるかもしれないし」

「でもっ……」

「私が、ガマンすればいいんだよ」

言いながら涙がにじんでくる。

「っ、そんなわけねぇだろ。こんなのほっとけるかよ！」

「でも、ダメっ……」

震える手で碧空くんの腕をつかむ。

そしたら彼は一瞬ハッとした顔をして、それから困ったように眉を下げた。

「蛍……」

「私がダメなのが、いけないの……」

「いや、なに言ってんだよ」

「ごめんね。私が……っ。私が碧空くんにふさわしくないから……」

だんだんと涙があふれてきて、とまらなくなってくる。

すると碧空くんがそんな私に向かって、怒鳴《どな》るように言った。

「バカ！　そんなこと言ったら怒るぞ！」

ビクッとして、固まったまま目を見開く私。

あれ、どうしよう。怒らせちゃった？

だけど次の瞬間いきなり体がグイッとひきよせられて、気がついたら彼の腕の中にいた。

「蛍はダメなんかじゃない。こんなことする奴がおかしいんだろ」

碧空くんの腕が私をギュッと強く抱きしめる。

「俺は蛍が好きだから、蛍がいいから、つきあってるんだよ。わかってる？」

耳もとで響く彼の言葉に、胸の奥がジーンと熱くなって、また涙があふれてきた。

「碧空くん……っ」

「つらかったよな。気づいてやれなくてごめん。でも、もうだいじょうぶ。俺が絶対に蛍を守るから」

そう言って腕をはなすと、私をじっと見つめてくる彼。

「だから今度なんかあったら、だまってないでちゃんと俺に相談しろよ。俺がついてるから」

「……うんっ。ありがとう」

その言葉がどれだけ心強かったか。

彼だけはなにがあっても絶対に私の味方でいてくれるんだって、そう思ったら少し救われた気がした。

ひとりじゃないんだって。もう、だいじょうぶだって。

碧空くんがいてくれてよかったって、心からそう思った。

碓井さんたちの嫌がらせは、そのあとも続いた。

だけど私はエスカレートするのを恐れて、先生にも親にも言うことができなくて。

碧空くんにはたまに相談したりはしていたけれど、その犯人が碓井さんたちだということは、どうしても言えなかった。

そんなある日のこと。教室移動の帰りに廊下を歩いていたら、うっかり手を滑らせてペンケースを落としてしまって。

「あっ……」

あわてて拾おうとしたら、誰かにそれを足で踏まれた。

「あらー、ごめんなさーい」

聞きおぼえのある声に顔をあげると、そこにいたのは碓井さんとその取り巻《ま》きの女子たち。

一気に背筋《せすじ》が凍《こお》る。

「アンタ、いっつもなんかものを落としてるよね」

「相変わらずドジなんだねー」

バカにしたようにクスクスと笑う声。

「てかそれ、わざとでしょ？」

「ドジっ子アピールだったりして」

「やだぁ、ほんといちいち目障《めざわ》り～」

「……」

臆病な私はやっぱりなにも言い返すことができなくて、言われっぱなしになってしまった。

ただだまってうつむく。

するとふいに、真ん中に立っていた碓井さんがペンケースを拾いあげて。

「ほら、これあんたのなんでしょ」

そう言いながらこちらに向かって勢いよく投げつけてきた。

「……っ！」

パシンと頭に当たったペンケースは、また下に落ちる。

痛い……。

碓井さんたちはそれを見て、またクスクス笑っている。

泣きそうになるのを必死でこらえる私。

そんな時、向こう側から大声がして。

「おいっ、なにやってんだよ‼」

ハッとして振り向くと、そこにはなんと、ひどく険しい顔でこちらを見ている碧空くんの姿があった。

ウソッ。今の、見られちゃった？

「えっ、やだ、碧空くん⁉」

「ヤバっ」

取り乱《みだ》す碓井さんたち。

碧空くんは急いでこちらへ駆けよると、私の腕をつかみ、顔をのぞきこんでくる。

「蛍、だいじょうぶか？」

私は一気に頭が真っ白になった。

どうしよう。よりによってこんな場面を碧空くんに見られてしまうなんて。

碓井さんたちにいじめられていたことがバレてしまう。

それだけは絶対にさけたかったのに……。

「なぁ、今のなんだよ」

碧空くんは私をかばうように前に立つと、するどい目で碓井さんたちをにらみつけ、問いただす。

さっきまではあれだけ偉そうにしていた彼女たちだけれど、怒っている彼を目の前にしたら、急に顔を真っ青にしてだまりこくってしまった。

「………」

「今、蛍に向かってもの投げてたよな？　大勢でひとりを取り囲んでなにやってんの？　蛍がお前らになにかした？」

いつになく低いトーンで話す彼。

「もしかして、最近蛍に嫌がらせしてたの、お前らなの？」

その言葉を聞いたとたん、心臓がドクンと嫌な音をたてた。

あぁ、やっぱりバレてしまった。

問いつめられた彼女たちは、バツが悪そうな顔をしながらも、なにも答えない。

だけど、碓井さんだけは違って。

「えっ……なんの話？」

目をそらしながらとぼけてみせた。

そんな彼女をさらに問いつめる碧空くん。

「とぼけんなよ。上履きに落書きしたり、ほかにもいろいろやってたんだろ」

「……っ」

「コソコソ卑怯《ひきょう》だと思わねぇのかよ」

逃げ場を失って、取り巻きの女子たちは泣きそうになっている。

「……………」

「蛍に謝れ」

「謝れよ!!」

口を閉ざした彼女たちを見て、彼はさらに語気《ごき》を強める。

私は思わず彼の腕をつかんだ。

「そ、碧空くん、もういいよ……」

なんだか見ていられなかった。

それに、これ以上彼が彼女たちを責めたら、もっと大変なことになりそうな気がして。

するとそこで、だまっていた取り巻きの女子たちがぽつりぽつりと口を開きはじめた。

「ご、ごめんなさいっ」

「ごめんね」

まさか本当に謝ってくれるとは思わなかったので、ビックリする。

みんな碧空くんが本気で怒ったのを見てビビっている様子。

でも、碓井さんだけはなかなか謝ろうとしなくて。みんなが言い終えたあとに、しぶしぶ自分も小さい声で謝ってきた。

「……ごめん」

「う、うん。もういいよっ。だいじょうぶだよ」

謝ってもらえたのはいいけれど、なんだかとても気まずくて、オドオドしてしまう。

「今度蛍をいじめたら、俺が許さねぇからな」

碧空くんがさらに釘をさすように言って、彼女たちをにらみつける。

すると、たまりかねた様子の碓井さんがサッとこちらに背を向け、その場から逃げだすように走りさっていった。

「行こっ」

ほかの子たちもあとに続くようにして逃げていく。

私はそれを見ながら、ただただこわくて、不安で……。

一見《いっけん》これで解決《かいけつ》したようにも思えるこの状況。

だけど、碧空くんにかばってもらうなんて、碓井さんたちからしたら私にもっと腹を立てたに決まってる。

碧空くんが助けてくれたことはうれしかったけれど、それ以上に私は、彼女たちの報復《ほうふく》がこわかった。

それ以来、パタッと碓井さんたちの嫌がらせはおさまった。

碧空くんが彼女たちに怒ったのがきいたんだろう。

ものを隠すなどの嫌がらせはもちろん、通りすがりにイヤミを言われることもなくなった。

だけど私は、あまりにも急に彼女たちがおとなしくなったので、逆に不気味《ぶきみ》で。

こんなにもパタッとおさまるものなのかなって、不思議でたまらなかった。

彼女たちはもう、私に対してなんとも思っていないのかな？　どうでもよくなったのかな？

しかし、そんなことあるわけがなかった。

ある日いつもどおりクラスメイトのふたりとお昼を食べようとした時のこと。

「あ、マキちゃん、ユリちゃん、お弁当一緒に食べよう」

私が声をかけると、ふたりは一瞬私と目をあわせ、サッとすぐにそらした。

「い、行こっ！」

そしてなぜか、ムシするようにその場を去っていってしまって。

なにかしたおぼえはないのに、急にさけられるという事態。

それはあまりにも突然で、計りしれないほどショックだった。

それだけじゃない。

クラスの班《はん》の話しあい、体育、調理実習、あらゆる場面でなぜか、女子たちが急に口をきいてくれなくなった。

私はなにが起こっているのかわからなくて、つらくて心が押しつぶされそうだった。

あとから知った話だけれど、これは全部碓井さんの指示だったらしい。

碧空くんにかばってもらったあの件があってから、彼女たちは私に対して目に見える嫌がらせをすることはなくなった。

なにかすれば、自分たちが真っ先にうたがわれてしまうから。

だから遠まわしに私を苦しめようと、ほかの女子たちに私をムシするように言い渡した。

碓井さんはクラスの女子みんなからおそれられていて、彼女に歯向《はむ》かえる人は誰もいなかった。

だからみんな彼女をおそれるがあまり、私をムシしたんだ。

私は学校で孤立して、碧空くん以外に誰も一緒にいてくれる人がいなくなってしまった。

ますます学校に行くのがこわくなり、時々体調を崩して休んだりするようになった。

碧空くんは私が突然お昼をひとりで食べるようになったので、私のために友達と食べるのをやめて、一緒に昼食《ちゅうしょく》をとってくれるようになった。

ずっとみんなにムシされているとはさすがに言えなかったけれど、なにか察したんだろう。

もともと私は人見知りで友達が少ないことを、彼は知っていたし。前よりも学校で一緒にいてくれることが多くなった。

だけど、私にとってはそれがさらに苦しくて、内心は罪悪感でいっぱいだった。

碧空くんが友達と一緒に過ごす時間をうばってしまっているんじゃないかとか、私のせいで彼に負担をかけてしまっているんじゃないかとか、そんなふうに考えてしまって。

だんだんと彼の前ですら、笑顔でいることができなくなってきた。

碧空くんといる時は幸せなはずなのに、それを感じることもできないくらいに、いつからか心が麻痺《まひ》してしまって。

通りすがりの楽しそうなカップルを見て、いつも思っていた。

どうして私たちはあんなふうに普通につきあうことができないんだろうって。

どうして他人から恨まれながらつきあわなければいけないんだろうって。

碧空くんと私じゃ釣り合わないから？

私が地味でのろまだから？　彼にふさわしくないから？

碧空くんは、私と一緒にいて楽しいのかな？　しんどくないのかな？

ほかの子とつきあったほうがもっと楽しいんじゃないかな。

そのほうが、みんなに受けいれてもらえるし、苦労しなくてすむんじゃないのかな。

そんなことを考えて、毎日家で泣いていた。

そしてある日、私はとうとう決意して、彼を呼びだした。

放課後の誰もいない教室で、ふたりきりで話した。

「……碧空くん、別れよう」

もちろん、本心では彼と別れたいなんて思っていなかった。

本当は大好きだった。ずっと一緒にいたかった。

だけど、もう心が限界《げんかい》だった。たえられなかった。

「え……っ」

私が別れを切りだすと、碧空くんはひどくおどろいた表情で、しばらくその場で固まった。

「ちょっと待って。それ、本気で言ってる？」

「うん」

「ウソだろ。なんで……」

どんな理由を言えば、彼に納得してもらえるかわからなかった。

だから、なるべく正直に話したつもりだった。

「じ、自信が、なくなったの。私じゃやっぱり、碧空くんには似合わないと思うから
……」

「っ、そんなことあるわけないだろ！」

碧空くんは下を向く私の両腕をガシッとつかむ。

「まわりがなんて言おうと、俺は蛍が好きだから！　だからっ」

「でもっ、もうムリなの……」

「蛍っ」

「これ以上私、碧空くんと一緒にいられない……」

そう口にしたとたん、こらえていた涙がじわじわとあふれだしてきた。

つらい。碧空くんの顔が見れない。

「もしかして、またなにかされたのか？」

「違う」

「アイツらのことなら、なにがあっても俺が蛍を守るから！」

「違うのっ。そうじゃないの」

違うんだよ。だけどもう、ムリなんだよ。

すべては、私の心が弱いのがいけないの。

「でも、ごめんなさい……っ」

臆病な私は逃げてしまった。

碧空くんと一緒にいることよりも、平和な生活を望んでしまった。

これ以上、傷つきたくない、彼に迷惑をかけたくない、まわりにも恨まれたくないって。

「俺のこと、好きじゃなくなった……？」

碧空くんが目を潤ませながら聞いてくる。

そんな彼を見たら、胸が苦しくて押しつぶされそうになる。

「そうじゃ、ないけど……」

「じゃあなんで」

「わ、私たちがつきあってるのをよく思わない人、たくさんいるし」

「そんな奴らほっとけばいいだろ！　俺は気にしない」

「でも、私とつきあってたら、碧空くんにもいっぱい迷惑かけちゃうから……っ」

「そんなのぜんぜんかまわねぇよ！」

私の腕をつかむ彼の手に、ぐっと力が入る。

「俺はどんな思いしてもいい。蛍と一緒にいられるならそれでいいから」

「でもっ、つらいの……っ」

ぽろぽろと涙がこぼれ落ちてきて、とまらなくなる。

「もういろいろ、たえられなくなっちゃった……」

私がそう口にすると、碧空くんはハッとした顔をして、そっと私から手をはなした。

「蛍……」

肩を揺らしながらシクシクと泣く私を、じっと見つめる彼。

そして、しばらく沈黙が流れたあと、碧空くんは小さな声でつぶやいた。

「……わかった」

その表情はひどく悲しそうだったけれど、なにかを悟ったような顔だった。

「ごめんな。俺のせいでつらい思いさせて」

「そ、そんなことないよっ。碧空くんのせいじゃない。私が弱いのがいけないんだよ。ごめんね」

そう、すべては私のせい。

私の心が弱かったせいで、彼を傷つけることになってしまったんだ。

「でも私、碧空くんとつきあえて、幸せだった……。今まで本当に、ありがとうっ」

泣きじゃくりながらそう告げたら、彼は私の体をやさしくぎゅっと抱きしめてくれた。

「うん。俺も、幸せだったよ」

その言葉を聞いて、また涙がとめどなくあふれてくる。

このやさしい温《ぬく》もりもこれで最後なんだと思ったら、たまらなくさみしかった。

「なぁ、最後にキスしてもいい？」

碧空くんがそう言って腕をゆるめ、顔をあげる。

うなずくと、ゆっくりと彼の顔が近づいてきて、そっと唇が重なる。

それはたぶん、今までしたキスのなかで一番長いキスだった。

心のこもったやさしいキス。

唇がはなれて、そっと彼の顔を見上げたら、彼の目にも涙がたまっていた。

「蛍、ありがとう」

悲しそうな笑顔にまた胸がぎゅっとしめつけられる。

傷つけてごめんね。弱い私でごめんね。

大好きだったよ。大好きだよ。

たくさんの幸せをありがとう。

こんな私のことを好きになってくれてありがとう。

楽しいばかりの恋じゃなかったけれど、碧空くんと過ごした時間はすべて宝物《たからもの》。絶対に忘れないよ。

だからどうか、これからも笑顔で。

碧空くんが幸せになれますように。

さようなら……。


「……うん」

私たちが別れたあと、それはすぐ学年中のウワサになって、みんなに知れ渡った。

碓井さんたちはさすがに気がすんだのか、それとも碧空くんと別れたからどうでもよくなったのか、それ以降は私に対してまったく興味を示《しめ》さなくなる。

一時はムシしてきたクラスメイトたちもだんだんと普通に話しかけてくるようになって。

そして三年生になってクラスが変わった頃には、もう何事もなかったかのように普通の生活がもどってきた。

またお昼を一緒に食べてくれる友達もできたし、ヒソヒソ話をされたりすることもなくなったし。

それはとても平和な毎日だった。

もちろん、心のなかはぽっかり穴《あな》が開いたようにさみしかったけれど。

別れてから、碧空くんは私にあまり話しかけてこなくなったし、クラスが変わってからは関わりもほとんどなくなってしまった。

人気者の碧空くんのことだし、このままきっと私のことなんて忘れて、すぐに新しい彼女ができたりするんだろう。そう思ってた。

もう関わることはないんだろうなって……。

＊＊＊

それなのに、こんなふうにまた仲良くなれる日が来るなんて。

あんなひどい別れ方をして、彼のことをいっぱい傷つけてしまったのに。もう恋なんてしなくていいと思ってたのに。

どうして碧空くんは、こんな私にまたやさしくしてくれるのかな。

ドキドキするようなことばかり言うのかな。

ねぇ。碧空くんは今、私のことをどう思ってるんだろう。

気になるよ……。

これは、デート？

期末テストも無事終わり、高校生活初めての夏休みがやってきた。

学校の課題《かだい》や家の手伝いをしたりしながら、毎日をのんびり過ごす。

加奈子ちゃんとは夏休みの後半《こうはん》に遊ぶ約束をしているけれど、それ以外はとくに人と会う予定もなくヒマだ。

まぁ、ヒマなのは毎年のことなんだけれど、今年は少しだけそれがさみしく感じた。

早く学校に行きたいなぁ、なんて思ったりしてしまう。

どうしちゃったんだろう、私。

いつの間にそんなに学校が好きになったんだろう。

それに、さみしいのにはもうひとつ理由があって。たぶん、碧空くんに会えないから。

ふとした瞬間に考えてしまうんだ。彼のことを。

そういえば、碧空くんとつきあいはじめたのも、ちょうど一年前のこのくらいの時期だった。なつかしいなぁ。

夏休み、彼はどうしてるかな。元気にしてるかな。

きっと毎日部活をがんばってるんだろうな。

そんなある日、突然スマホに碧空くんからメッセージが届いた。

『夏休みどうしてる？　元気？』

まさか彼から連絡が来るとは思わなくて、ビックリする。

だけどもう何日も会っていなかったので、久しぶりに彼と連絡を取れたことがすごくうれしかった。

ただの気まぐれかな。

ヒマだったからなんとなく送ってみたのかな。

そんなことを思いながらも、十分くらいなんて返そうか悩んだあげく、当たり障りのない返事を返す。

『私は元気だよ。碧空くんは毎日部活かな？

暑いから大変だけどがんばってね』

そしたらその後も会話が続いて、そのまいつか途切れるかなと思っていたら、なぜか碧空くんから毎回返事がくるので、私も会話を切ることができず、そのままメッセージのやりとりが毎日のように続いた。

もちろん、一日に何回か、お互い返せる時に送る程度だったけれど。

その日どこへ出かけたとか、なにを食べたとか、今なにをしてるとか。

なんてことないやりとりだったけれど、すごく楽しかった。

まるでつきあっていた頃にもどったみたい。

毎日彼からの連絡が来るのが楽しみで仕方がなくて。

碧空くんは時々、写真を送ってくれたりもした。

部活で友達と撮った写真や、ひとりで写ってる写真、身近なところで見つけたヘンなものの写真などなど。

私はなんだか碧空くんの毎日をのぞき見ているかのようでドキドキして、会わないのに毎日会っているみたいに感じられて、うれしかった。

そしてある日、夏休みはどこにでかけるかの話になった時のこと。

『俺、部活ばっかでまだどこにも行ってない。

サッカー部の奴らと夏祭《なつまつ》りに行ったくらい』

『わぁ、いいな〜。私まだお祭りも行ってない』

『マジで。今年は家族で旅行とかしないの？』

『うん。今年の夏はうちの親の仕事が忙しくて。

この前も夏休みは水族館《すいぞくかん》に行こうって話してたら、お父さんとお母さんのお休みが合わなくて、結局行けなくなっちゃった』

『そっかー、残念だな』

『うん。すごく残念だった』

『じゃあさ、俺と行く？　水族館』

それは突然のさそいだった。

一瞬、冗談なんじゃないかと思ったけれど……。

『え？　いいの？』

『うん。だって行きたかったんだろ？　せっかくの夏休みだしさ。

水族館とか夏っぽくていいじゃん。一緒に行こう！』

まさか、碧空くんからこんなふうにさそってくれるとは思わなくて、夢みたいだった。

だって、一緒に行こうって……ふたりきりで？

しかも水族館だなんて、まるでデートみたい。

どうして急に私とでかけようと思ってくれたのかな？

深い意味はないよね？　ただの気まぐれ？

少し戸惑う気持ちもあったけれど、それ以上にうれしくてたまらなかったので、迷わずＯＫした。

碧空くんとふたりきりで水族館。ふたりきりでおでかけ。

こんなのつきあってた時以来だから、ドキドキしちゃうよ……。


そして迎えた約束の日。

私は早起きして、時間をかけて支度《したく》をした。

髪を丁寧《ていねい》にセットして、普段はちょこっとしかしないメイクも、今日は少し念入りに。今日のために新しく買ったピンクのワンピースを着て、鏡《かがみ》を何度も確認してから家をでた。

待ち合わせなんて久しぶりすぎて緊張してしまう。どうしよう。

約束場所の駅前の広場に着くと、さっそく碧空くんの姿を探した。

十分も早く着いてしまったので、まだ来てないかなと思いながらもあたりを見まわす。

そんなに早くいるわけないか。どこか日陰で待っていようかな。

だけど、そう思ってふと広場のすみっこに目をやったら、一本の木の陰に見覚えのある人物の姿を発見して。

その瞬間心臓がドクンと高鳴った。

ウソッ！　もう来てたんだ。

ひと目見ただけですぐにわかった。

ジーンズの上に白いTシャツ、その上に青のチェックシャツを羽織って、黒の腕時計をしているあの背の高い茶髪の男の子は、まちがいなく碧空くんだ。

ずっと時計を気にしている様子だから、私が来るのを待っているのかな。

ドキドキしながら彼のもとへと駆けより、声をかける。

「あっ、お、お待たせっ！」

どうしよう。緊張して声が震えちゃう。

「あっ、蛍！　早いな」

「そ、そんなことないよっ。碧空くんのほうが早いよ」

久しぶりに見た彼の私服《しふく》姿はとても新鮮で、いつも以上にまぶしく感じられた。

やっぱりすごくカッコいいし、オシャレだし、似合ってる。

「ははっ。うん、楽しみですげー早く来ちゃった」

「えぇっ」

ウソ、そんなに楽しみにしてくれてたんだ。うれしいな。

「っていうか蛍、今日いつもと雰囲気違う？」

碧空くんはそう言うと、私を上から下までじーっと見下ろしてみせる。

「そ、そうかな……？」

恥ずかしくて、思わずワンピースの裾をきゅっと握る。

もしかして私、気合入れすぎてヘンだったかな？なんて思っていたら……。

「うん、ヤバい。すげーかわいい」

「えっ！」

「蛍の私服姿見るの久しぶり」

はにかんだように笑う彼の言葉で、一気に顔が熱くなった。

碧空くんは昔からそう。なんでもストレートに口にだしてくれるから。

こんなふうに褒《ほ》められると、やっぱり照れてしまう。

でも、がんばってオシャレしてきてよかったなぁ。

「それじゃ、行こっか」

「うんっ」

そしてそのまま私たちは、約束の水族館へと向かうため電車にのった。

幸い電車の中はそこまで混んでいなかったので座ることができて、のっている間もずっとふたりでおしゃべりしていた。

碧空くんは水族館のことをいろいろと下調《したしら》べしてきてくれたらしく、どんなショーがやってるとか、どんな生き物が見られるかを教えてくれて、一緒にこれを見たいねなんて話をしていたら、あっという間に目的地に着いてしまった。

本当にデートみたい。

碧空くんといるとやっぱりなんだか落ち着くし、ワクワクして楽しい気持ちになる。

私は男の子と話すのは苦手なほうだけど、彼の前では不思議とあまり気をつかわずに自然体でいられるんだ。

それって、元カレだからなのかなぁ……。


水族館に着くと、ちょうど開館時間直前だったらしく、入り口のゲートの前に行列《ぎょうれつ》ができていた。

夏休みだからか、カップルのほかにも家族連れがたくさんいる。

私たちは受付《うけつけ》でチケットを購入すると、その列に並んで少し待ってから中に入った。

建物の内部はうす暗く、たくさんの水槽《すいそう》が並んでいて、色とりどりの魚たちが元気に泳《およ》いでいる。

「わぁ、キレイ～」

「すげー」

入って早々、ふたりともテンションがあがってしまって、さっそくスマホで写真を撮ったりしながらはしゃいでいた。

普段見られないような生き物たちの姿は、見ているだけで癒《いや》されるし、暑さを忘れさせてくれる。

「この青い魚、あの映画にでてるやつみたいだよな」

「あ、ほんとだ。似てるかも」

「こっちはクラゲがいる！　クラゲってなんか気持ちよさそうでいいよな〜」

「ふふ。そうだね」

碧空くんもとなりで子どものように目をキラキラさせながら水槽をながめていて、そんな姿を見ていたら、なんだか私までうれしくなった。

私の好みで連れてきてしまった水族館だけど、碧空くんも楽しそうにしてくれてるみたいだから、よかったな。

「ねぇねぇ、この魚かわいくない？」

「ユカのほうがかわいいよ」

「やだ〜っ」

その時、ふと近くから楽しそうにイチャイチャする男女の声が聞こえてきて、見てみると、同じ高校生くらいのカップルが仲良く並んで水槽をのぞいていた。

見渡すとまわりには、ほかにもカップルがたくさんいる。

みんなしっかりと手をつなぎあって、幸せそう。

私と碧空くんも、はたから見たらそんなふうに見えるのかな？なんて、思わずそんなことを考えてしまう。

バカだなぁ、私。彼とは今はただの友達だし、今日のこのおでかけだって特別な意味はないのに。

だけどそんなふうにボーっとしていたら、足もとにあった段差に気づかずうっかりつまずいてしまって。

「きゃっ！」

危うくころびそうになったところを、碧空くんがとっさに支えてくれた。

「だいじょうぶか？」

「あ、うん……。ごめんねっ」

うぅ、なにやってるんだろう。本当にバカだ。

なれないヒールのサンダルなんて履いてくるから。

碧空くんはそんな私を見て、クスッと笑う。

「ふっ、蛍ってやっぱ危なっかしいよな」

「う……っ」

相変わらずドジだと思われてるのかなと思ったら、恥ずかしくなる。

すると次の瞬間、突然右手がなにか温かいものに包まれて。

ドキッとして見てみたら、なんと、彼が私の手を握っていた。

わあぁっ、ウソ……。

「じゃあ、蛍がこけないように手握っとくから」

そう言ってやさしく微笑む彼に、胸がキュンとなる。

どうしよう。これじゃ本当にカップルみたいだよ。

どうしてそんな当たり前のように手をつないでくれたりするの？

だけど、その手の感触はやっぱりどこかなつかしくて、ドキドキするのにすごく安心した。

碧空くんの手、やっぱり大きいなぁ。

昔より少し大きくなったかもしれない。

館内を半分くらいまわってイルカショーを見たあとは、中にあるレストランで一緒にお昼ごはんを食べた。

レストランのメニューは水族館らしく海がテーマになっていて、イルカをモチーフにしたカレーライスやペンギンのイラストのついたデザートなど、かわいい料理でいっぱいだ。

さんざん迷ったあげく、私はオムライス、碧空くんはカレーを注文《ちゅうもん》した。

「蛍はやっぱオムライスなんだ」

料理が運ばれてきた瞬間、碧空くんがつぶやく。

「ふふふ。碧空くんこそ、カレー好きだよね」

「うん、好き。迷ったらだいたいカレーにする」

「わかる。私もついオムライスを選んじゃうの」

「ははっ、一緒じゃん！」

そのままふたりでクスクス笑いあって。

お互い食べ物の好みが昔と変わってないんだなぁと思ったら、なんだかうれしくなった。

「蛍は、ぜんぜん変わんないよな」

食べている途中、碧空くんが私を見つめながらしみじみとした顔で言う。

「えっ？　そうかな？」

「うん。変わってなくてよかった」

その言葉にどんな意味があるのかはわからなかったけれど、正直それは私も同じ気持ちだった。

碧空くんが変わってなくてよかったって思う。

今でもカレーが好きで、サッカーが好きで、やさしくて、まっすぐで、大好きだったあの頃のままで。

だから今でも彼にドキドキするし、ときめいてしまう。

碧空くんは今、私のことをどう思ってるんだろう？

今日はどんなつもりでここに一緒に来てくれたのかな？

そんなこと、あまり深く考えたらいけないような気もしたけれど、やっぱりすごく気になってしまった。

お昼ごはんを食べたあとは、館内をまたブラブラと一緒に見てまわった。

碧空くんはその間もずっと手をつないでくれていて、まるでつきあっていた頃にもどったみたいだった。

楽しくて、時間がすぎるのがあっという間で、このままずっとここにいたいなぁ、なんて思う。

だけど、もう少しで全部見終わってしまう。

そんな時、うしろから誰かに声をかけられた。

「あのー、すみません」

振り返ってみると、立っていたのは大学生くらいの若いカップル。

その彼氏さんがスマホを片手に碧空くんに話しかける。

「よかったら、写真撮ってもらえますか？」

どうやらそのカップルは私たちに写真撮影をお願いしたかったみたいで、たのまれた碧空くんは、快《こころよ》くひきうけていた。

「あぁ、いいですよ！」

「ありがとうございます」

そのまま彼が二枚ほどツーショット写真を撮ってあげると、カップルはすごくよろこんでくれて。彼氏さんは碧空くんにこんなことを聞いてきた。

「あの、よかったら俺らも撮りましょうか？　彼女さんとの写真」

「えっ」

〝彼女さん〟だなんて言われてしまい、ドキッとする。

そっか、一緒にいたらそう見えるよね。

だけど、カップルでもないのにツーショット写真なんて……と私が戸惑っていたら、碧空くんは意外にもあっさりとうなずく。

「あ、マジっすか？　じゃあお願いします！」

……あれ？　彼女って言われたことは否定しないんだ。

結局そのまま一緒に写真を撮ってもらうことになり、私は照れながらも碧空くんと肩を寄せあって、スマホのカメラに向かってピースをした。

「あ、じゃあ撮りまーす！」

——カシャッ。

「ありがとうございます！」

カップルにお礼を告げて別れると、さっそく今撮った写真を碧空くんに見せてもらう。

そしたらふたりともすごくいい笑顔で写っていて、写真だけ見ると本当に今でもつきあっているみたいだった。

「わぁ、キレイに撮れてるね」

「だよな。ついでだったけど記念に撮ってもらえてよかった。あとで蛍にも送るから」

「……あ、うんっ」

言われてドキッとした。送ってくれるんだ。

碧空くんとふたりで写真を撮るなんて、いつぶりだろう。

本当にこれじゃ恋人同士のデートとなにも変わらないかも。

だけどすごくうれしい。

碧空くんのスマホのアルバムに自分との写真が残るんだと思ったら、なんだかとてもくすぐったい気持ちになった。

館内をひととおり見終わったあとは、最後にお土産屋《みやげや》さんに寄った。

水族館オリジナルのグッズや、イルカやシャチのぬいぐるみ、お菓子など、たくさんのお土産を売っている。

私は記念になにか買おうかなと思ってずっと売り場をながめていたけれど、いろいろありすぎてなかなか決められなかった。

とりあえず加奈子ちゃんにはイルカのストラップを買うことにしたけど、自分用はどうしようかな？

「いっぱいあって迷うなー」

となりにいた碧空くんが私に声をかけてくる。

「うん。どうしよう、迷っちゃう」

「蛍はそのストラップ買うの？」

「あ、うん。これは友達に……」

私がそう答えると、なんだか少しうれしそうな顔をする彼。

「へぇ、そっか。友達にあげるんだ。よかったじゃん」

もしかして、私が友達にお土産を買うなんてめずらしいと思ったのかな？

私の友達関係のことでは、碧空くんにはいつも心配かけてたからな。

「碧空くんは？」

反対に私が尋ねると、彼は手に持っていたお菓子の箱を差しだしてみせた。

「あぁ、俺はサッカー部の奴らにこれ買ってく」

「そっか、部活のみんなにあげるんだね」

「うん。みんな結構旅行の土産とか買ってきてくれるからさ」

「そうなんだ。いいね」

真っ先に部活の仲間のことを考えているところが、なんとも彼らしい。

その時ふと、ぬいぐるみがたくさん置いてあるコーナーの前で、私は足をとめた。

そこにはイルカやシャチ、ペンギン、アザラシなど、かわいい海の生き物たちのぬいぐるみが数多く並んでいる。

なかでもとくにペンギンのぬいぐるみがかわいくて目にとまって。

「わぁ、かわいい……」

思わずじーっとながめていたら、碧空くんが横からひょいとのぞきこんできた。

「わ、ほんとだ。かわいいな」

その顔が近くて、少しドキッとする。

「蛍はペンギンが好きなの？」

「あ……うんっ」

「そっか。たしかにかわいいよなーペンギン。なんか蛍っぽい」

「えっ！」

私っぽい？　そうかな？

「しかも、このペンギンすげーふわふわしてる。ほら、触ってみ？」

そう言って碧空くんが私の手の上に小さなペンギンのぬいぐるみをのせてくる。

そしたらそれは本当にふわふわで、触っていて気持ちよかった。

「わぁ、ほんとだ〜。気持ちいい」

「こっちのウミガメもかなりヤバいよ」

「わっ、これはなんかすべすべしてるね」

「この肌触り、枕《まくら》にしたいよな」

「あははっ」

そして、そのまましばらくふたりでぬいぐるみの手触りを比べたりしながらずっとそのコーナーではしゃいでいて。

お互いくだらないことばかり言っていたけれど、そんなやりとりがまたすごく楽しかった。

碧空くんといると、やっぱりとても居心地がいい。

何時間でも一緒にいられるような気がしてしまう。

こうして一緒にでかけるのなんて本当に久しぶりだったけれど、それを感じさせないくらい、ただずっと楽しくて。

家をでる前はあんなに緊張していたのがウソのようだった。

水族館をでたあとは、最寄駅からふたりで帰りの電車にのりこむ。

私は今日という一日がもうすぐ終わってしまうのかと思うと、すでにさみしい気持ちでいっぱいだった。

たまたま車両がすいていたので、行きと同じようにとなり合わせに座る。

碧空くんはさっそく、さっき一緒に撮った写真を私に送ってくれて、私はすぐにそれを自分のスマホのアルバムに保存《ほぞん》した。

本当に楽しい一日だったな。この夏休み一番の思い出になったかもしれない。

「あっ、そうだ」

すると、碧空くんが突然なにか思いついたような声をあげて。

彼は自分のカバンのファスナーを開け、中に手をつっこむと、私の目を見てニコニコ笑いながらこう言った。

「ちょっと蛍、目つぶって」

「えっ?」

なにかと思いながらも、言われたとおり目をつぶってみる。

「それで、両手だして」

「えっ、こう？」

「うん」

そして、言われるがまま両手を差しだしたら、その手の平になにか軽いものがのせられる感触がした。

あれ？　なんだろう。なんかふわふわしてる。

「いいよ。目開けて」

そっと瞼《まぶた》を開けてみる。すると、その目に飛びこんできたのはなんと……。

「えっ⁉　これ！」

そう。それは、さっきお土産屋さんで私がかわいいなと思ってずっと見ていた、ふわふわのペンギンの小さなぬいぐるみだった。

ウソ……。碧空くん、どうしてこれを？

おどろいた顔のままとなりを見ると、碧空くんがサプライズ成功《せいこう》といった顔でうれしそうに微笑んでいる。

「へへっ、ビックリした？」

「うん、すごくビックリしたよっ！　碧空くんいつの間に……」

「実はさっき、こっそり買っておいたんだよ。蛍がよろこぶかなって思って」

なにそれ。私をよろこばせるために？

「ウソ……ッ。すごくうれしい。もらっていいの？」

「うん。俺からのプレゼント。今日一緒にでかけてくれたお礼に」

「えっ！　そんな、お礼しなくちゃいけないのは私のほうだよっ」

「いいんだよ。もらって」

碧空くんがそう言って大きな手で私の頭にポンポンとふれる。

なんでそんなにやさしいんだろう。こんなのうれしすぎるよ。

感激のあまり少し目がウルウルしてしまった。

「あ、ありがとうっ。大事にするね」

ペンギンのぬいぐるみを両手でぎゅっと抱きしめる。

またひとつ、思い出が増えた。

碧空くんからもらったプレゼント、絶対宝物にしよう。

そのまま電車に一時間ほど揺られて、気がついたら碧空くんはいつの間にか眠ってしまっていた。

私の肩によりかかるようにして、すやすやと寝息をたてる彼。

サラサラの髪が私の頬に当たって、くすぐったくてドキドキする。

きっと、毎日部活続きでつかれてるんだろうなぁ……。

無防備《むぼうび》な彼の寝顔を見ていると、とても愛《いと》おしい気持ちがわいてくる。

このまま家に着かなければいいのになんて、そんなバカなことをひとり考えたりしていた。

「やべ、俺いつの間に寝てたんだろ」

無事に家の最寄駅に着くと、私は眠っていた碧空くんを起こして、一緒に電車を降りた。

碧空くんはなぜか手をあわせて必死に謝ってくる。

「ほんとごめんな！　つまんなかったとか、そういうんじゃないから！」

「ううん、だいじょうぶだよ！　碧空くん、毎日部活でつかれてるもんね」

「いや、うん。それもあるかもしんないけど、蛍といると俺、なんか安心するっていうか……」

「えっ？」

「居心地よくてさ、気づいたら寝てた」

「……っ」

はにかんだように笑いながら言う彼の言葉に、また胸の奥をきゅっとつかまれる。

どうしよう。居心地がいいだなんて、うれしすぎるよ。

私だけじゃなくて、碧空くんもそんなふうに思ってくれてたの？

彼はなんとなく口にした言葉かもしれないのに、すごく特別な意味に感じられて、ドキドキしてしまう。

ますます勘違いしてしまいそうになる。うぬぼれてしまいそうになる。

改札をでて、待ち合わせをした駅の広場に着くと、外はうす暗くなっていた。

もう帰る時間か……なんて思うと、さみしい気持ちでいっぱいになる。

「あ、それじゃ私、ここでだいじょうぶだから。今日はどうもありがとう」

家まで送ってもらうのも悪いなと思い、お礼を告げ、その場で別れをきりだしたら、やさしい碧空くんはやっぱりいつものように「送るよ」と言ってくれた。

「いいよ、だいじょうぶだよ！　まだ真っ暗じゃないし」

「いや、でも危ないから……」

言いかけて、少し考えたようにだまる彼。

「ていうか、もうちょっと一緒にいられない？」

「えっ？」

「よかったら、このあと花火しねぇ？」

まさかのさそいにドキンと胸が高鳴った。

花火って……ふたりきりで？

どうしよう。まだ一緒にいられるんだ。

そう思ったらうれしくてたまらない。

思わず勢いよく返事をしたら、碧空くんもまたうれしそうに笑ってくれた。

「う、うん！　するっ！」

「マジで？　やった！　よしっ、じゃあコンビニで花火買おうぜ」

そのまま一緒にコンビニへ行き花火をいくつか購入して、近くの公園に移動する。

公園にはちょうど誰もいないみたいで、すごく静かだった。

「よし、さっそく始めるか」

碧空くんがろうそくを地面に置き、ライターで火をつけてくれたので、それぞれ手に持った花火の先端《せんたん》を近づける。

火がつくと、バチバチと音をたてて花火が燃《も》えはじめた。

「うわぁ～、キレイ」

「やっぱ夏は花火だよな」

夜の暗い公園に、花火の明かりだけがキラキラと輝いている。

なんだか少し幻想《げんそう》的で、夢のなかにいるみたいだった。

今日は本当に、こんなに楽しいことばかりでいいのかな？

そのうちバチが当たったりしないかな、なんて思う。

「私、この夏初めて花火したかも……」

私がボソッと言うと、となりにいた碧空くんがこちらを見てニコッと笑った。

「マジで？　じゃあさそってよかった」

その笑顔が花火の光に照らされて、よりキラキラして見える。

まぶしくて、愛しくて、気持ちごと吸《す》いこまれてしまいそう。

「蛍、火いる？」

「うん」

碧空くんが私の花火に火を分けてくれる。

そんなさりげないやりとりですら、ドキドキしてしまう。

碧空くんは今、なにを考えてるのかな？

どうして私を花火にさそってくれたりしたのかな？

わけもなくそんなことばかりが頭のなかをめぐって、考えれば考えるほど、今日が終わってほしくないないなと思った。

「よし。シメはやっぱりこれだよな」

手持ち花火が全部なくなったあとは、残った線香《せんこう》花火をすることに。

たくさん束になったそれをひとつずつほどいて手にぶら下げ、先端に火をつける。

「じゃあ、どっちが長くもつか、競争な」

そのままふたりで近くの段差《だんさ》に座り、パチパチと小さく燃える炎をじっと見つめていた。

「うん」

キレイだなぁ……。

このまま時間がとまってしまえばいいのに、なんて思う。

少しでも長く、ここにいたいよ。

「……あっ、落ちちゃった」

「へへっ、今回は俺の勝ち」

そんなふうに何度か勝負を繰り返していたら、ついにはそれぞれ残り一本になった。

これでおしまいかぁ。

刻々《こくこく》と迫る、今日の終わり。

ふたりとも最後の花火に火をつけ、じっと待つ。

やがて丸くなった火の玉が、光を散らすように燃えはじめて。

その様子を見ながら、碧空くんがふいにボソッとつぶやいた。

「線香花火ってさ、こうして見てると、ホタルの光みたいだよな」

「えっ？」

ほたる……？

「ホタルが飛んでるみたいに見えない？」

「あ……虫の？」

「うん、そう」

ビックリした。私の名前かと思っちゃった。

「小さいけど、すげぇキレイで、一生懸命光ってる感じがしてさ」

「たしかに……」

言われてみれば、暗闇《くらやみ》の中で光るそれは、まるでホタルの光のよう。

碧空くんたら、たとえがうまいなぁ、なんて感心する。

すると彼は、急にこちらを向き、私の顔をじっと見たかと思うと、こんなことを口にした。

「まるで、蛍みたいだ」

その言葉にドキッとして彼を見上げると、目があう。

「えっ……。今度は、私？」

「うん。蛍もいつも一生懸命だから。俺にはすごく輝いて見えるよ。どこにいたってすぐにわかる」

「……っ、碧空くん」

なにそれ。

私のこと、そんなふうに思ってくれてたの？

どうしてそんなにうれしいことを言ってくれるんだろう。

碧空くんのまっすぐな瞳が私をとらえる。

「ずっと見てたよ、蛍のこと。はなれても、ずっと」

「えっ……」

その時ちょうど、ふたりの線香花火の火がポタッ、ポタッと続けて地面に落ちた。

静まり返る空間。心臓がドクドクと大きく脈を打ちはじめて、落ち着かなくなる。

すると彼はふいに花火を手ばなして、座ったまま私の体を抱きよせ、ぎゅっと自分の腕の中に閉じこめた。

「俺は一度も忘れたことなんかない。今でも好きだよ」

「……っ」

突然の告白に、おどろきのあまり息をするのも忘れそうになる。

ウソ……。ちょっと待って、どうしよう。

本当なの？

信じられないよ。碧空くんが、今でも私を好きだなんて……。

「本当はあの時別れたこと、ずっと後悔《こうかい》してた。だから、もう一回やり直せない？」

彼はそう口にすると、そっと腕をゆるめ、私をじっと見下ろす。

そして、真剣な顔でこう言った。

「蛍、もう一度俺とつきあって」

……ねぇ、これは現実なのかな？

もしかして私、夢でも見ているんじゃないかな。

ドキドキしすぎて胸が苦しい。体中が熱い。

碧空くんは、ずっと私のことを想っていてくれたの？

あんな別れ方をして、たくさん彼を傷つけたはずなのに。

どうしよう。うれしい。

涙がでてきそう。

でも、なんて答えたらいいの。

これは、ＯＫしてもいいのかな？

だって私、彼のこと一度ふってるのに……。

「え、えっと……っ」

心のなかではうれしくてたまらないはずなのに、どこか戸惑う気持ちもあって、それをうまく言葉にできず、だまりこむ私。

そしたら碧空くんがそんな私の頭に、ポンとやさしく手をのせてきた。

「……って、急に言われてもやっぱ困るよな」

まるで、私の心を読んだみたいに。

「あっ、いや、あの……」

見上げると彼は、やさしく微笑んでいる。

「だいじょうぶ。返事は急がなくてもいいから。ゆっくり考えてみて」

そう言われて、少しだけホッとした。

「う、うんっ」

「もう一度、蛍に好きになってもらえるように俺、もっとがんばるから」

まっすぐな彼の言葉に、胸の奥がまたキュンと音をたてる。

幸せすぎて、まるで夢のなかにいるみたいだった。

あぁ、どうしよう。こんなことってあるんだ。

碧空くんに告白されてしまった。

「もう一度俺とつきあって」って言われてしまった。

私たち、またやり直せるのかな？

ねぇ私、もう一度、碧空くんのとなりに並んでもいいの……？

ずっとキミだけを見てた【side 碧空】

「なぁお前、なんでモテるのに彼女つくらないの？」

いろんな奴が俺にそう言ってきた。

何回同じことを言われただろう。

「うちの学校、かわいい子いっぱいいるじゃん」

「お前なら選び放題《ほうだい》だろ」

高校入学以来ずっと、女子からの告白をことわり続けてきたせいだろうか。

みんな、俺が誰ともつきあおうとしないのを不思議に思うらしい。

「いいんだよ、今は誰ともつきあう気ないし。俺にはサッカーがあれば十分」

なんて、めんどくさいのでとりあえず女子には興味がないフリをしておいたけど。

実際は興味がないわけでもないし、恋愛がしたくないわけでもなかった。

俺が誰ともつきあわない理由は、ひとつだけ。

〝ずっと忘れられない人〟がいるから。

中学時代に別れた彼女のこと……。

ふられてもずっと好きだった。あきらめられなかった。

ずっとずっと、キミだけを見てた――。

俺が蛍と出会ったのは、ちょうど中学二年生になったばかりの頃。

たまたま同じクラスになって、はじめは「小さくておとなしい子だな」くらいの印象しかなかったけれど、顔がかわいかったからほかの男子たちがウワサしていたのは知っていた。

先生に当てられたり、みんなの前で発表する時に彼女はいつも声が震えていて、人前で話すのが苦手な子なんだなと思ってた。

男子と積極的《せっきょくてき》に話をするタイプでもなかったし、普段はあまりこれといって関わることもなくて。

そんな彼女のことが気になるようになったのは、とある出来事がきっかけだった。

いつだったか、体育の授業時間のことだ。

その日は種目《しゅもく》がサッカーだったから、俺はいつも以上にはりきっていた。

調子にのってスライディングなんかしたりして、その勢いで肘を地面にこすってしまった。

試合が終わったあと、痛いなと思ってよく見たら、右肘から血がでていて、あわてて水道まで洗いにいったんだ。

「いって〜」

なんて言いながら、グラウンドのすみに座りこんで、洗った部分が乾《かわ》くのを待つ。

そしたらそこにひとりの女の子が近づいてきた。

なにか言いたげにモジモジしながら。

だけど俺のことをチラチラ見ながらも、なにも言ってこないので、俺は不思議そうにその子を見ていた。

そう、それが蛍。

同じクラスだけど、おとなしいからまだ少ししか話したことがない。

でも見た感じ、俺に用があるのかな？

「ん？　どうしたの？」

気になって聞いてみたら、その子はハッとした様子で、顔を真っ赤にしながらうろたえはじめた。

「あ……っ。え、えっと……」

本当に口下手なんだなと思う。

話したいけどうまく話せなくて焦っているような感じで。

俺はなるべくプレッシャーをかけまいと思い、「いいよ、ゆっくりで」なんて言いながら待つことに。

そしたら彼女はポケットからなにかを取りだして、震える手で俺に差しだしてきた。

「あ、あのっ、よかったら、これ使って……」

よく見たらそれは絆創膏で。

ビックリしたのはもちろんだけど、それ以上にすごく感激した。

だって、ものすごく人見知りっぽい彼女が、俺が怪我したことに気がついて、わざわざ自分から絆創膏をくれたんだ。

顔を真っ赤にして、手を震わせながら。

彼女なりに勇気をだして声をかけてくれたんだってわかったら、胸が熱くなった。

「うわっ、マジで？　準備いいな。ありがとう！」

俺が大げさによろこびながらそれを受けとると、ますます顔を赤くする彼女。

「い、いえ……。血が、でてたから」

照れている顔はちょっとかわいかった。

「じゃあ、使わせてもらうな」

さっそく俺は怪我の部分に、もらった絆創膏をはがしてはりつけてみる。

だけど、右肘なので左手ではるしかなくて、もとから不器用《ぶきよう》なうえに利《き》き手じゃないため、うまくはれずに苦戦してしまった。

するとそれを見かねたのか、彼女が声をかけてきて。

「あのっ、わ、私がはろうか？」

「……あっ。マジで？　いい？」

「うん。貸して」

小さな手で絆創膏を受けとると、丁寧に俺の肘にはってくれる。

近づくと、彼女からはふんわりとシャンプーの匂いがして、なんだか妙にドキドキしてしまった。

女の子の匂いって感じ。

それにしてもこの子、華奢《きゃしゃ》なんだな。

肌も真っ白だし、なんか儚《はかな》げな雰囲気というか、触ったら折れそうだ。

近くでよく見ると、やっぱりすごくかわいい顔をしてるし、友達が「かわいい」って言ってたのもわかる気がするな……って、なにを考えてんだ俺。

「ありがとう。助かった」

礼を言うと、またちょっと赤くなって下を向く彼女。

「ど、どういたしましてっ」

「柏木は、いつも絆創膏持ちあるいてんの？」

ついでに俺が質問すると彼女は、自信なげではあったけれど、小さな声でちゃんと答えてくれた。

「えっ……。う、うん。そうなの。私、よくこけて、怪我するから……」

「へぇー、そっか。どうりで準備がいいわけだ。じゃあ俺、これから怪我したら柏木のとこ行こうかな、なーんて」

冗談ぽくそんなことを言ってみせたら、彼女は「えっ！」なんて言いながらまた赤くなった。

いちいち照れるのがかわいいなと思う。

だけど、聞き流されるかと思ったらそこで、「い、いいよ」なんて小さな声で返してくれて。

俺は不覚《ふかく》にも少しときめいてしまった。

今の、冗談だったのに……。真面目に答えてくれるんだ。

なんだよ、すごくいい子じゃんって。やさしいんだなって。

ひかえめだけど思いやりのある彼女のことが、気になるようになった。

それからというもの、教室や廊下で見かけるたびに、俺は蛍に声をかけた。

少しでも仲良くなりたくて。

彼女は相変わらず人見知りではあったけれど、話しかけると意外と話してくれた。

時々俺の話に笑ってくれたりもして。

笑った顔を見られた時は、すごくうれしかった。

もっともっと、笑わせたいなと思った。

それに、見ていると彼女はすごくぬけているというかドジなところがあって、よくものを落としたり、転んだりしていた。

危なっかしいというか、ほっとけないというか。

思わず守ってあげたくなる。支えてあげたくなる。

こんな気持ちになったのは初めてだった。

今までは、女の子に対して「かわいいな」と思うことはあっても、そこまで特別夢中になることはなかった。

告白されてなんとなくつきあったことはあったけど、たぶん本気で好きになったことはなかったし、自分から告白したこともなかった。

だけど、蛍に対しては違った。

いつも彼女のことばかり考えてしまうし、目で追ってしまう。気がついたら夢中で。

完全にこれは恋なんだと思った。

そして、夏休みに入る前のある日、俺は彼女に告白する。

長い休みでしばらく会えなくなるんだと思ったら、どうしても伝えたくなった。

告白なんて初めてだったからめちゃくちゃ緊張したけど、返事はまさかのＯＫ。

飛びあがるほどうれしかったのをおぼえてる。

それからは、毎日連絡を取りあったり、一緒にでかけたり、ただただ幸せな日々が続いた。

最初は緊張気味だった蛍も、だんだんと俺に心を開いてくれるようになって。

彼女のことを知れば知るほど好きになった。

蛍といられるだけで、蛍が笑ってくれるだけで、俺は幸せだった。

だけど、そんな毎日に徐々に暗雲《あんうん》が立ちこめるようになる。

少しずつ、蛍の様子がおかしくなった。

時々すごく元気がなかったり、落ちこんだ顔をしている時があって、俺が「どうしたの？」と聞いても理由を教えてくれなかった。

「なんでもない」と言って、平気なフリをする彼女。

ムリして明るくふるまっているのはわかってた。

だけど、それ以上は踏みこめなくて。

俺は気づかなかったんだ。彼女が裏でつらい思いをしていたことに……。

蛍は俺とつきあったことでみんなから注目されるようになり、陰で一部の女子たちから嫌がらせを受けていた。

それを誰にも言えなくて、ずっとだまっていたんだ。

だけどある日俺は、彼女の上履きにゴミが入れられ、落書きがされているのを見てしまう。

その時初めて、蛍がずっとそれで悩んでいたことに気がついた。

なんでもっと早く気づいてやれなかったんだろうと思う。

蛍はたぶん、俺に心配をかけたくなくて言えなかったんだろう。

俺は蛍にそんなことをした奴らのことが許せなかった。

俺が「注意してやる」って言ったら、蛍は「やめて」と言っていたけれど、それでも絶対このまま野放《のばな》しにはしたくなかった。

蛍のことを守ってやりたくて、なるべく彼女のそばにいるようにしたし、嫌がらせをされたりしないように自分でも見張るようになった。

そしてある日ついに、その現場を発見してしまう。

同じクラスのリーダー的存在だった派手な女子、碓井。

彼女が率いる女子グループが蛍を取り囲んで悪口を言ったり、ものを投げたりしていた。

それを見て俺は確信した。あぁ、あの嫌がらせはこいつらがやってたんだって。

今度こそ許さないと思い、その場に飛びこんでいき、碓井たちにキツく注意する。

そしたら彼女たちは気まずそうな顔で蛍に謝り、逃げていった。

碓井だけは最後まで不服そうな顔をしてたけど。

でも、それ以降蛍への嫌がらせはおさまったらしく、蛍も一時的に元気を取りもどしたので、俺は安心していた。

これでもうだいじょうぶだって。

だがそういうわけにはいかなかった。

また日に日に蛍の元気がなくなってきて、おかしいなと思っていたら、ある時彼女がお昼をひとりで食べていることに気がついた。

いつも友達数人と一緒に食べていたはずなのに。

不思議に思って聞いたら、その子たちはお昼に部活の集まりがあって、しばらく一緒には食べられないんだと言っていた。

もとから口下手で友達の少ない蛍。一度、俺の家に来た時に話してくれたことがあった。

『私ね、昔から話すのが苦手で、誰ともすぐに打ち解けることができないの。あまり仲のいい友達もいないし……。だから、碧空くんがうらやましい』

少し困ったように笑いながら話す彼女を見て、きっと長い間そのことで悩んでたんだろうなと思った。

たしかに蛍は自分から人に話しかけるようなタイプじゃないし、ひかえめで主張《しゅちょう》しないから、誤解されやすい部分もあるんだろう。

『そっか……。でも、蛍はちょっと人見知りなだけじゃん。俺は話しやすいし、蛍といると楽しいよ。やさしいし、気が利くし、素直だし、そういう蛍のいいところをわかってくれる奴がきっといるって。だから、蛍はそのままでだいじょうぶ』

俺がそう言うと、少し目を潤ませながら『ありがとう』と言った彼女。

その時から蛍の友達関係のことはずっと心配だったけれど、だったら俺が一緒にいてあげればいいと思って、俺は友達と昼飯を食べるのをやめ、蛍と一緒に食べるようになった。

だけど、彼女の表情は日に日に暗くなっていく。

そんなある日、俺は当時仲の良かった同じサッカー部の友達からこんなことを言われた。

『柏木さん、最近クラスの女子みんなにムシされてるよな？　だいじょうぶか？　女ってこわいよなー。妬《ねた》みがすごいっつーか。モテる奴の彼女になるって大変なんだな』

……ビックリした。ショックだった。

その時初めて気がついたんだ。いつの間にか、碓井たちだけじゃなく、女子みんなに蛍はムシされてたんだって。

だからお昼もひとりで食べてたんだ。

嫌がらせがおさまったからだいじょうぶなんてことはなかった。

俺は、女のこわさというか、女子の人間関係の裏みたいなものがまったくわかっていなかった。そんなこと想像すらしていなかった。

もしかして、あの時俺が蛍をかばったのがいけなかったのか？

蛍がいじめられるのは、俺とつきあってるせいなのか？

俺と一緒にいるせいで、蛍が傷ついている……。

そう思ったら苦しくてたまらなかった。


そしてある時ついに、俺は蛍に呼びだされる。

「……碧空くん、別れよう」

そう告げられた瞬間、体が凍りつくかと思った。

信じたくなかった。どうしてこうなるんだって。

俺はどうにか考え直してほしくて、必死で説得《せっとく》しようとがんばった。

どうしても別れたくなかった。彼女を失いたくなかった。

蛍は、俺のことをもう好きじゃなくなったのかと聞いたら「そうじゃない」と言っていた。

だからなおさら納得できなかった。

お互い好きなのに、どうして別れなくちゃいけないんだよって。

俺に迷惑がかかるとか、そんなのはどうでもいいから。

俺はどれだけ苦労してもいい。蛍と一緒にいられるだけでいいんだって。

だけど、彼女の心はもう限界だったんだ。

「でもっ、つらいの……っ。もういろいろ、たえられなくなっちゃった……っ」

ボロボロ涙をこぼしながらそう言われた時、俺はもうなにも言い返せなかった。

たぶん、俺が思っていた以上に蛍は傷ついて、思いつめていたんだと思う。

俺たちふたりの間になにか問題があったわけじゃない。

お互い好きじゃなくなったわけでもない。

だけど俺と一緒にいる限り、この先もずっと、蛍は傷ついて苦しむんだっていうのなら……。

別れたくないだなんて、俺のエゴなのかもしれない。そう思った。

彼女のためには別れを受けいれるしかないのかなって。

これ以上、俺のせいでつらい思いをさせたくなかった。

蛍は、俺がしぶしぶうなずいたら、「碧空くんとつきあえて幸せだった」と言ってくれた。

正直別れるのは死ぬほどつらかったけど、俺はもう、そう言ってもらえただけでいいやと思った。

蛍が俺とつきあって、少しでも幸せだと思ってくれていたのなら、彼女のなかでいい思い出として残ってくれるのなら、もうそれでいい。

最後に交わした長いキスは、今でも忘れられない。

俺にとって初めての本気の恋が終わりを告げた。


その後、俺は自分から蛍と関わるのをやめた。

俺たちが別れたというウワサはすぐ学年中に広まったし、俺との関わりさえなければ、蛍が女子からいろいろ言われることもなくなるだろうと思った。

そして案《あん》の定《じょう》、まわりの蛍に対する関心はだんだんとうすれていき、俺たちの話をする奴もいなくなっていく。

女子たちからのムシが落ち着いたらしいと友達から聞いた時は、俺もホッとした。

これで蛍も少しは元気を取りもどせるかなって。

だけど、俺のなかで彼女への気持ちが消えることはなくて、結局ずっと忘れることができなかった。

いつだって考えてしまう。思い出してしまう。

気がついたら蛍のことを目で追っていたし、いつも彼女の姿を探していた。

三年生になると、蛍はまた友達と過ごすようになったし、碓井たちともクラスが分かれて少し元気になったように見えた。

俺はこれでよかったんだと思う反面、どこか後悔する気持ちもあって。あの時彼女を守ってやれなかったこと、ちゃんと支えてやれなかったことを今さらのように悔やんでいた。

日に日につのっていく想い。断ち切れない未練《みれん》。

相変わらず落ちこむ俺に、友達は「また新しい彼女つくればいいじゃん」なんて簡単に言ってきたけれど、俺にはそんなこと考えられなかった。

新しい恋なんてできるわけがない。ほかの誰かを好きになるなんて絶対にムリだ。

やっぱり俺は、蛍が好きだ――。

どんなにもう遅いと言われても、無謀だったとしても、もう一度俺の前で笑ってほしい。俺が彼女を笑わせたい。

いつからかまた、そう思うようになった。

このまま卒業してはなればなれになるなんて、会えなくなるなんて、そんなのたえられない。

そしてある日、俺はたまたま職員室で、蛍と担任が進路について話しているのを耳にする。

蛍はとなりの市にあるS高を受験すると言っていた。

偏差値の高い私立の進学校だ。少し遠いのでうちの中学からはあまり受ける奴がいなかったけれど、あえてそういう学校を選んだんだろう。

当時近くの公立を受ける予定だった俺は、それを聞いて悩んだ。

蛍はたぶん、頭がいいからS高に受かるはず。

俺が、S高に行けば蛍とはなれずにすむのか?

しかも、S高はサッカー部もそこそこ強くて、私立だから施設が充実している。

猛勉強すればなんとか俺でも受かることができないだろうかって。

無謀だとは思ったけれど、それから俺は死ぬ気でがんばった。

「S高を受けたい」と言った時は、親にも担任の先生にも「ムリだからやめろ」とか「アホか」と言われたけれど、あきらめなかった。

蛍と一緒の高校に行きたい。その思いだけでがんばることができた。

そして猛勉強の末、奇跡的に俺はS高に合格する。

最初は公立に行けと言っていた親も、俺が努力して進学校に受かったことをすごくよろこんでくれた。

うれしかった。

これで蛍のそばにいられる、そう思った。

高校では蛍と同じクラスになることはなかったけれど、彼女は新しい環境でなんとかうまくやっているみたいだった。

ここでは同じ中学だった奴は俺のほかにいないし、俺たちのことを知っている奴もいない。蛍のことを悪く言う奴もいない。

俺はまわりに自分の恋愛話を聞かれても、元カノがどんな子だったとか、蛍との過去を話すことは一切しなかった。

もう俺のせいで蛍がなにか言われるのはごめんだ。

だから声をかけたくても、なかなかかけることができなかった。

ただ、見つめることしかできない。

それでもかまわないと思っていたはずなのに、目があうたびに、やっぱり話したいなと思う。

声をかけるキッカケをずっと探してた。

そんななか、ある日突然それは訪れる。

体育の時、サッカーの試合でまた怪我をした俺。

水道で傷口を洗ってもどってきたら、タオルの上に絆創膏が一枚置かれていた。

それを見て直感的に思う。

――あ、蛍だ。

なんの証拠もないのに俺は、それが絶対に蛍のものだと思ったんだ。

中学の時、体育の時ですらいつも絆創膏を持ちあるいていた蛍。

あの時、震えながら俺に絆創膏を差しだしてくれた彼女のこと。思い出したらすごくなつかしくなって、でも少し切なくなった。

蛍は今、俺のことをどう思ってる?

もう俺のことなんて忘れてるかな。

でも、これがもし蛍のものだったとしたら、蛍のなかで俺の存在はまだ、消えていないってことだろ。

もう一度、話しかけてみようか……。

そう思った俺は勇気をだして、彼女に声をかけてみることにした。

まともに話すのは一年以上ぶりだったけれど。

俺が話しかけたら、蛍は戸惑いながらも普通に話してくれた。

うれしかった。

久しぶりに話した彼女はぜんぜん変わっていなくて、あの頃のままだった。

少しドジなところも相変わらずで。

やっぱり好きだ。そう思う。

できればもう一度、やり直したい。

そして、再び関わるようになった俺たちは、少しずつまた仲良くなって、いつからか昔のように笑いあえるようになった。

蛍も俺といる時は楽しそうにしてくれて、今なら幸せだったあの頃に、またもどれるような気がしたんだ。

『もう一度、俺とつきあって』

意を決して伝えた言葉。二回目の告白。

ずっと消えなかった気持ち。長い間、温めていた気持ち。

あの日から、俺の心にはずっと、キミだけだった。

だから今度こそ、あの恋の続きを。

願わくはもう一度、キミのとなりで――。

第三章

よみがえるトラウマ

「蛍、髪の毛にごはん粒ついてるわよ」

「えっ、やだっ！　どこ？」

「ほら、ここ。もう、相変わらずなんだから」

おだやかな朝。お父さんが仕事にでかけたあと、お母さんとふたりで朝ごはんを食べる。

夏休みが終わり、今日からいよいよ新学期。

再び学校生活が始まることに、私は胸を弾《はず》ませていた。

だって、また毎日加奈子ちゃんに会えるし、クラスのみんなにも久しぶりに会えるし、それから、碧空くんにも……。

あぁ、どうしよう。

彼の顔を思い浮かべただけで、胸が熱くなる。

夏休み、ふたりで水族館にでかけたあの日。碧空くんに告白されたあの日から、私の頭のなかは彼のことでいっぱいだ。

あれ以来顔をあわせてはいないけれど、その間もずっとメッセージのやりとりは続いていた。

そして今日、久しぶりにまた学校で会える。そう思うとドキドキする。

どんな顔して会えばいいかな。少し緊張しちゃうな……。

朝食をすませたあとは、鏡の前に立ち、制服のリボンや髪形をもう一度チェックする。

すると、家のインターホンの音が鳴った。

――ピンポーン。

「あ、はーい」

お母さんが応答するのを見て、こんな朝早くから誰だろうなんて思いながらカバンを手に取る。

そろそろ私も家をでなくちゃ。

そしたらそこで、お母さんが甲高い声をあげながら、私のもとへと勢いよく走ってきた。

どうしたんだろう。

「ちょっ、蛍！　大変よ！　早く来なさい！」

「えっ、なに？　どうしたの？」

「お、男の子が迎えに来てるのよ！」

「えぇっ⁉」

いったい何事かと思った。

だってだって、男の子が朝私のことを迎えにくるなんて。

どうして？　誰が？

「だ、誰がそんな……」

「それがねぇ、あの子なのよ！　えっとあの、中学の時の……。ほら、ソラくんだっけ？　イケメンの！」

「えぇ〜っ⁉」

おどろきのあまり大声がでてしまう。

まさか、新学期早々、碧空くんが私のことを迎えにきてくれるとは思わなかった。

たしかに家は近いけれど、お母さんもいるのに。

もちろん、お母さんだって碧空くんのことは知っている。私たちがかつてつきあっていたことも。

でも、お母さんには私がふられて別れたというふうに伝えてあるから、今頃彼が家に突然あらわれたりしたらビックリだよね。

「もしかして、あなたたちまたつきあってるの？」

「ちちち、違うよっ！」

「あらそう。まぁいいわ。いってらっしゃい」

「いってきます」

ドキドキしながら玄関のドアを開ける。

すると、碧空くんが本当に家の前に立っていて、心臓が飛び跳ねた。

わあぁ、どうしよう。

久しぶりに見た制服姿の彼。やっぱりカッコいい。

直接顔をあわせるのはあの告白以来だし、普通に話せるかな、私。

「おはよっ」

碧空くんが手をあげて挨拶してくれる。

「お、おはよう！」

私が目をくるくると泳がせながら返したら、彼はクスッと笑って顔をのぞきこんできた。

「急にごめんな。一緒に学校行きたいなと思って、迎えにきた」

「……っ」

〝迎えにきた〟だなんて、彼氏みたいでドキッとしてしまう。

「う、ううん。だいじょうぶだよっ。ありがとう」

「ビックリした？」

「び、ビックリした」

「ははっ、やっぱり？　蛍のお母さんもビックリしてた。でもさ、もう気持ちを隠す必要ないし、俺なりにがんばろうと思って」

「えっ……」

サラッと告げられたその言葉に、また胸がキュンとなる。

そういえば、告白してくれた時もそんなことを言ってたなって。

碧空くんはいつだってストレートだから、本当に私はドキドキさせられてばかりだ。

彼のとなりを歩きながら、こんなにドキドキしっぱなしで、この先私の心臓はだいじょうぶかな、なんて考えたりしてた。

ちなみに、碧空くんにはまだ返事をしていない。

「ゆっくりでいい」とは言ってくれたけど、あまり待たせるわけにもいかないよね。

正直、彼の気持ちは本当にうれしかったし、彼が私のことをずっと想っていてくれたなんて、夢みたいだった。

私だって本当はまだ碧空くんのことが好きだし、もう一度やり直せたらいいなと思う。

だけど、いざ本当に〝ヨリをもどそう〟となると、やっぱりどこか自信がなくて。

昔を思い出すと、どうしても臆病になってしまう。

お互いに好きなだけじゃうまくいかないこともわかってるし、人気者の彼とつきあう大変さもよくわかってる。

あの時、碧空くんの彼女になってまわりにいろんなことを言われて、私は結局そのプレッシャーにたえられなくなってしまったから。

もちろんあの頃と今では環境が違うけれど、彼と再びつきあって、今のこの平和な学校生活がもしかしたら変わってしまうかもしれないと思うと、少しこわい。

またあんなふうになったら……という恐怖がないわけでもないし、昔みたいに碧空くんに迷惑をかけてしまうかもしれないし。

臆病な私は、彼をまた傷つけてしまうかもしれない。

心では碧空くんともっと一緒にいたい、またやり直したいって思ってるのに、昔の記憶がそれを邪魔するんだ。

それからというもの、碧空くんは学校でも頻繁に会いにきてくれるようになった。

教科書を借りにきたり、勉強を教わりにきたり、ほかにも図書委員の日の帰りは待っていてくれたりして。

言葉どおり積極的な彼。なんだかすでにもうつきあっているみたいでドキドキする。

碧空くんといるとやっぱり楽しくて、居心地がよくて、どんどん自分のなかでも彼を好きな気持ちがふくらんでいった。

そんな私たちの関係の変化はまわりから見てもわかったみたいで、ある日の休み時間、加奈子ちゃんに声をかけられた。

「なんか蛍、最近碧空くんと仲いいよね？」

「えっ！　そうかな」

「うん。よく蛍のところに会いにきてるじゃん。あの碧空くんに好かれるなんて、蛍もやるね～」

「そ、そんなことないよっ！」

「そんなことあるでしょ～。もうっ、うらやましいなぁ。こうなったら碧空くんとつきあっちゃえば？」

「……っ」

冷かされて返事に困る。

「つきあっちゃえば？」なんて、まさに今そのことで悩んでたりするんだけど、やっぱり加奈子ちゃんにもなかなか言いだせない。

もし話すんだったらきっと、昔のことだって伝えないといけないだろうし。

加奈子ちゃんはやっとできた大切な友達。できるだけ隠しごとはなしで、なんでも話したいと思う。

だけど、どうしても過去のあの出来事だけは話す勇気がなくて。

思い出したくないのはもちろんだけど、それを話すことでなんとなく加奈子ちゃんに悪い印象を与えてしまいそうなのがこわかった。

「そ、そんなっ。私はべつに……」

なんて、碧空くんのことなどなんとも思っていないようなフリをする私に、加奈子ちゃんはケロッとした顔で言う。

「まぁ、私は矢吹くん派だけどねー。でも碧空くんは性格よさそうだし、絶対いい男だとは思うな。ちょっと人気ありすぎてライバル多そうだけど」

「う、うん。たしかに……」

「ほら、あのサッカー部マネの美希ちゃんとかさぁ、あの子も絶対ねらってる感じじゃん。一時はあのふたりウワサされてたし」

その名前を聞いた瞬間、心臓がドクッと嫌な音をたてる。

……美希ちゃん。

そうだ。そういえば私、しばらく会わなかったものだから、美希ちゃんのことをすっかり忘れてた。

彼女も碧空くんのことが好きなんだ。

もし、私が碧空くんの告白にOKして、本当につきあうことになったら、美希ちゃんはどう思うんだろう。

絶対私のことをよくは思わないよね。

考えてみたら、少しこわいな……。

なんて、前に彼女にイヤミを言われたことを思い出したら、急に不安な気持ちになってきてしまった。


「それじゃ蛍、図書委員がんばってね！」

「うんっ。ありがとう」

放課後、加奈子ちゃんと別れていつものように図書室へと向かう。

今日は水曜日なので部活はお休み。廊下を通るとみんな、「帰り道どこか寄ってく？」なんて楽しそうに話していたりして、とてもにぎやかだった。

ふと窓の外をのぞくと、グラウンドの様子が見えて、ついつい碧空くんの姿を探してしまう私。

今日も自主練してたりするのかな？　なんて。

彼のことを考えるだけで、胸がポカポカとあったかくなる。顔がほころんでしまう。

我ながら重症だなと思った。

加奈子ちゃんは「つきあっちゃえば？」なんて言ってくれたけど、今度はうまくいくかな。

自信のない私は、やっぱり碧空くんと自分が釣り合わないんじゃないかってどこかで思っていて、どうしてもヨリをもどすことに対して不安がぬぐえないのだった。

考えすぎ、なのかな……。

そんな時トントンと、うしろから誰かに肩を叩かれた。

振り返ると、そこにいたのはなんと……。

「柏木さん、ちょっといい？」

あの美希ちゃんがものすごくこわい顔で私を見下ろしていた。

え、なんだろう。

「あ、うん」

一気に体が縮《ちぢ》こまって、ドクドクと鼓動が速まる。

なんか彼女、怒ってる？

美希ちゃんは私を誰もいない教室へ連れこむと、腕を組んで静かに話しはじめた。

「昨日、塾の友達に聞いたんだけど」

「え？」

「私の通ってる塾にね、柏木さんと同じA中出身の子がいるの。その子が言ってた。

柏木さん、中学時代に碧空とつきあってたんだってね」

「……っ！」

一瞬、体中にビリッと電流《でんりゅう》が走ったかのようだった。

ウソ、どうしてそれを……。

よりによって、一番知られたくなかった美希ちゃんに知られてしまうなんて。

「ねぇ、本当なの？」

美希ちゃんはまばたきひとつせずに私を見つめている。

まるで尋問《じんもん》を受けているような気分だった。

でも、もう隠しきれない。ウソなんて言えない。

「う……うん。実は……」

私が震えながらコクリとうなずくと、美希ちゃんの顔がさらにひきつる。

「……っ。じゃあなに、元カノって柏木さんのことだったんじゃん。なんでこの前言ってくれなかったの？　隠してたわけ？」

「そ、そういうわけじゃっ」

「まさか、ヨリもどそうとか思ってるわけじゃないよね？」

そう問いかけられて、思わず息を飲みこむ。

あぁ、どうしよう……。

「私、聞いたよ。柏木さんが碧空のことふったんでしょ？　だったらずいぶんムシのいい話だよね。自分からふったくせに、今さら碧空のこと誘惑《ゆうわく》するのやめなよ」

「そ、そんなつもりじゃ……っ」

私がふったことまで聞いたんだ。

「じゃあ、なんのつもり？」

美希ちゃんの視線がジリジリと私を追いつめる。

「碧空のこと傷つけたくせに、碧空があんたに未練あるからって、今さらその気になってるんだ。そういうの、ずるいと思わないの？」

「……っ」

「碧空のやさしさに甘えてるだけじゃん！　またつきあってもどうせあんたとじゃうまくいかないよ！」

吐きすてるように言われて、泣きそうになった。

辛辣《しんらつ》な言葉に胸が痛む。

だけど彼女の言うことは、間違っていないと思う。

私が彼のやさしさに甘えて、今さらのようにその気になっていたのは事実だ。

ヨリをもどそうなんてずるいことを考えていたのも事実。

「なんか言いなよ」

そう言われても、言葉がでてこない。言い返す言葉が思い浮かばない。

そしたら美希ちゃんはため息をついて、また大きな声で怒鳴り散らした。

「あーもう、あんたみたいな人が一番イライラするっ‼」

そのままバン！　と勢いよくドアを開けて去っていく彼女。

私はその場に取りのこされて、呆然《ぼうぜん》と立ちつくす。

どうしよう……。

なにも言えなかった。また彼女を怒らせてしまった。

私、やっぱりずるいのかな？

碧空くんに告白されてうれしくて、完全に浮かれてたけど、冷静に考えたらこんなのムシがよすぎるのかもしれない。

昔、彼のことをあんなに傷つけたのに、今さらやっぱり好きなんて言う資格、私にはないのかな。

幸せだった気分が、一気にどん底へとひきずりこまれる。

閉じこめていた嫌な記憶があふれだしてきて、頭のなかがどんどん不安でいっぱいになって。ますます自分がどうしていいのかわからなくなってしまった。

次の日、朝学校に着くとなぜか、やけにまわりからの視線を感じた。

みんながジロジロと私を見てくるような気がする。気のせいかな？

なんだか落ち着かない気持ちのまま自分の教室へと向かう。

そして、いつものようにうしろのドアから中に入ると、クラスメイトたちの視線がいっせいにこちらに集まるのがわかった。

えっ、なに？　やっぱり私、見られてる？

なんで……？

「ねぇ、見てよ」

「えっ、ホントなの？」

しかも、ヒソヒソとこちらを見ながら話す女子の姿もあって。

なんだろう。私、なにかしたかな。

モヤモヤした気持ちのまま自分の席に着く。

するとそこに、加奈子ちゃんが勢いよく駆けよってきた。

「蛍、おはよう！」

「あ、おはよう。加奈子ちゃん」

「ねぇ、ちょっとちょっと！　さっきみんなに聞いたんだけどさ、蛍って中学時代に碧空くんとつきあってたんだね！」

「えぇっ⁉」

なにそれ。ちょっと待って……。どうしてそのことを？

しかも、みんなに聞いたって、誰から⁉

一気に頭が真っ白になる。

「本当なの⁉」

「えっと……あの……」

あぁどうしよう。だけどもう、今さら隠しても仕方がない。

「うん。じ、実は……」

おそるおそるうなずいたら、加奈子ちゃんはパアッと目を輝かせた。

「きゃーっ！　やっぱりそうなんだ〜！　だからあんなに仲がよかったんだね！」

ねぇ、なにがどうなってるの？　突然のことについていけないよ。

「なんか朝学校来たらみんなが大騒ぎしててさぁ。ビックリしちゃったよ〜私。もう、蛍ったら言ってくれればよかったのに〜」

大はしゃぎする加奈子ちゃんを前に、呆然とする私。

どうしてこんな急にみんなに広まってしまったんだろう。

ふと、昨日の出来事を思い出す。もしかして……。

美希ちゃんが話したのかな？

「ご、ごめんねっ。私、その、隠してたつもりじゃなくて……」

加奈子ちゃんにもまさかこんな形で知られてしまうとは思わず、焦る。

隠してたみたいで悪く思ったかな？　どうしよう。

だけど、加奈子ちゃんは嫌な顔をすることなくただ笑ってくれて。

「あははっ！　やだ、べつに謝らなくてもだいじょうぶだってば」

「本当に、ごめんね……っ」

泣きそうな顔で謝る私の肩をポンと叩いた。

「いやいや、だって碧空くん超人気者だもんね。蛍が言えなかった気持ちもわかるよ」

「か、加奈子ちゃん……」

あぁ、本当にこの子はなんでこんなにもやさしいんだろう。涙がでてきそう。

「なんか蛍も急に注目されちゃって大変だよね。でも、べつに悪いことしてないんだから、堂々としてればいいよ。まわりの目なんか気にするなっ」

そう言って励ましてくれる加奈子ちゃんが女神のように見える。

ひどく罪悪感をおぼえてしまっていた私だけど、「悪いことしてないんだから」という彼女の言葉にすごく救われた気がした。


放課後は雨だった。

午前中から曇ってはいたけれど、午後から雨が降りだしてしまい、いつの間にかどしゃ降りに。

グラウンドはビシャビシャに濡れて、そのため外の部活はみんな中止になったようだった。

サッカー部も練習がなくなったみたいで、碧空くんが「一緒に帰ろう」とさそってくれて、下駄箱に着いたら彼がそこで待っていてくれた。

「蛍！」

私の姿を見つけるなり笑顔で手を振ってくれる彼に、胸がキュンとなる。

だけど、同時に大勢の視線にもさらされて、少しだけ気まずい気持ちになった。

「ねぇあれ、碧空くんと例の元カノじゃない？」

「えっ、なに、ヨリもどしたの？」

「ウソでしょ、やだ〜！」

ヒソヒソと話す声が聞こえてくる。注目されるのはやっぱり苦手。

ササッと靴を履きかえ、彼のもとへと駆けよる。

「お、お待たせ、碧空くん……」

身を隠すように下を向きながら、小声で声をかけた。

「外、雨すごいけど傘持ってる？」

「あ、うん。持ってるよ」

「はは、さすが蛍だな。俺も今日はちゃんと持ってきたよ」

笑いながら頭にポンとふれてくる碧空くんは、いつもどおりだ。

彼もウワサされたりしてないのかな？　なんて少し気になるけれど……。

そのまま傘をさして外へでる。

外はザーザーと雨が降り続いていて、いたるところに水たまりができていた。

校門をでたところで、碧空くんがくるっとこちらを振り返る。

「そういえば、今日だいじょうぶだった？」

急に心配そうな顔で聞かれて、一瞬なんのことかと思った。

「えっ、なにが？」

「ほら、なんか俺らが昔つきあってたこと、すげーウワサになってるみたいじゃん」

瞬時に心臓がドクンと飛び跳ねる。

あぁ、やっぱり碧空くんもウワサされてるのを知ってたんだ。

いろいろ聞かれたりしたのかな。

「う、うん……」

「なんで急にあんな広まったんだろうな」

そう言われてすぐに、美希ちゃんの顔が思い浮かんだ。

やっぱり、美希ちゃんがみんなに話したのかな。

「……うん。どうしてだろうね」

不安そうに下を向く私に、碧空くんが明るい声で言う。

「でもまぁ、俺はもとから隠すつもりなかったし、ふられたとか未練がましい奴とか思われてもぜんぜん平気だけどな。蛍がもし、嫌な思いしてたらごめん」

「そ、そんなっ。碧空くんが謝らないで！　私はだいじょうぶだよっ」

心配してくれてたんだ。なんてやさしいんだろう。

「でもさ、俺、守るから」

「えっ」

碧空くんは急に立ちどまったかと思うと、片手で私の手を取り、ぎゅっと握る。

「蛍がなに言われても、今度こそ俺が守る。昔みたいな思いはさせたりしない。だから、俺のこと信じて」

まっすぐ私を見つめながらそう言い切る彼を見て、思わず目頭《めがしら》が熱くなった。

あぁ、やっぱり私……碧空くんが好きだよ。この気持ちにウソはない。

「うん。ありがとう……」

震える声でうなずくと、やさしく笑ってそのまま手をひいてくれる彼。

「ほら、帰ろ」

美希ちゃんに言われたことよりもなによりも、彼のことを信じなくちゃって、そう思った。

私だって、できることならまた碧空くんと一緒にいたい。その気持ちに応えたい。

なのに結局、まわりの目におびえてばかりで……。

どうしてこんなに臆病なんだろう。もっと強くなりたい。

誰になにを言われても気にせず、もっと堂々とできるようになりたいよ。


碧空くんと私が、中学時代につきあっていたというウワサはあっという間に学年中に広まって、その後もおさまる気配はなかった。

碧空くんがあれだけモテるにもかかわらず、彼女をつくらないことはみんなから不思議がられていたし、今まで好きな子がいるというウワサすらなかったので、よけいにみんな大騒ぎで。そのうえ私がふったという話までなぜか広まっていて、一部の碧空くんファンの女子たちのなかには、私のことを悪く言う人もいた。

学校で碧空くんと話していると嫌な顔で見られたりするし、休み時間席に座っている時も、ほかのクラスから時々私のことを見にくる子がいる。

ヒソヒソと聞こえるようにウワサ話をされるのはすごくつらかった。

「ねぇ、あの子だよ。碧空くんの元カノの柏木さん」

「え～っ、意外。超おとなしそうじゃん」

「でしょー。でも最近よく一緒に帰ったりしてるし、碧空くんまだあの子のことが好きなんじゃないかってウワサだよ」

「えっ、やだ～っ！　だから今まで彼女つくらなかったのかな」

「そうかも」

わけもなくスマホをいじったりしながら聞こえないフリをする。だけど、どうしても耳に入ってきてしまう。

「もしかして、今さらヨリもどそうとか思ってるのかな？」

その言葉を聞いた瞬間、心臓の鼓動が急に速まった。

「えー、ウソーッ！　それって結構勝手じゃない？　ふったのあの子のほうなんでしょ？」

「ほかに好きな人ができたから、碧空くんをふったって聞いたよ」

「そうそう。別れてすぐ違う男にのりかえたみたいだよ」

いつの間にかウワサに尾ひれがついて、あることないこと言われてしまっている。

「えぇっ、マジ⁉　あの碧空くんとつきあえるだけでもすごいのに！　信じらんなーい」

「もったいないよねー。柏木さんって実は気が多い人？」

「ちょっとゼータクだよね〜」

「おとなしそうな顔して、実は男好きだったりして」

数日前まで平和だったはずの教室が急に居心地悪く感じる。まるで中学時代にもどったみたい。

気にしなければいいと頭ではわかっていても、やっぱりすごく気になってしまった。

〝碧空くんの元カノ〟っていうだけで、こんなにも注目されてしまうなんて。

やっぱり彼はみんなの憧れの存在なんだって、あらためて実感する。

中学の時もそうだったけど、私には碧空くんのとなりに並べるほどの魅力《みりょく》がないから、こうやってまわりからいろいろ言われてしまうのかな?

私じゃなくて、もっと素敵な子が相手だったらこうはならないのかな?

結局、碧空くんと私じゃ釣り合わないって思われてるってことだよね……。

こんなにウワサになっちゃったし、やっぱり今さら彼とヨリをもどそうなんてムリなのかな、なんて思ってしまう。

もしもどったとしても、私はみんなの目にたえられるんだろうか。

また昔みたいに女子たちを敵《てき》にまわしてしまうのかな。

そう考えるとやっぱりこわくなる。

昔の嫌な記憶がよみがえってきて、苦しくなる。

やっぱり自分はもう、多くは望まないほうがいいんだ。

恋愛なんてしないほうが……。

そう思ってうつむいた瞬間、ポンと誰かに頭を叩かれた。

「おい、バ柏木」

その声にハッとして顔をあげると、目の前には心配そうに顔をゆがめる矢吹くんの姿が。

「だいじょうぶか？　元気ないけど」

そう聞かれて、今の悩みが思いきり顔にでてしまっていたんだなと思い焦った。

必死で笑顔をつくって答える。

「矢吹くん！　だ、だいじょうぶだよっ。べつになにも……」

「お前も大変だよな。元カレが有名人ってだけでいろいろ言われんのか」

「……えっ」

一瞬、体がピシッと固まる。

やだ、いつの間に。矢吹くんまであのウワサを知ってたんだ。

「まぁ、俺も正直ビビったけど。どうりでアイツと仲いいと思ってたよ」

「なっ！」

ウソッ。そんなこと思われてたの？

矢吹くんは少し不服そうな顔でつぶやくと、私の前の席に腰を下ろし、こちらをじっと見つめる。

そして、なぜかポケットから自分のスマホを取りだすと、そこにイヤホンを取りつけはじめた。

「でもな、いいこと教えてやろうか」

「えっ？」

いいことって？

「聞きたくないことっつーのはな、聞かなきゃいいんだよ」

「……っ！」

その瞬間、彼の両手がスッと伸びてきて、私の両耳に差しこまれた彼のイヤホン。

同時に流れてくるのは、大音量《だいおんりょう》の知らないバンドの曲。

一瞬にして、教室のざわめきも、ヒソヒソ話をする女子たちの声もなにも聞こえなくなる。

あぁ、そっか。そういうことか。

矢吹くんは、あのヒソヒソ話に落ちこむ私を励まそうとしてくれたんだね。

それがわかったとたんに、思わず涙がでてきそうになった。

やっぱり彼はやさしい。

ぶっきらぼうだしちょっとわかりにくいけれど、いつだってこんな私のことを気づかってくれる。

その不器用なやさしさに、傷ついた心が少しだけあったかくなったような気がした。

「はぁ……」

お昼休み、ため息をつきながら学食内を歩く私。

先ほどお昼を食べ終わったあと、加奈子ちゃんはほかの友達に呼ばれてどこかへ行ってしまった。

ひとりになると、またあれこれ考える。

この落ち着かない日々はいつまで続くんだろう、とか。

急に学校のなかで注目されるようになって、いろいろウワサをたてられたりもして、またどんどん自分が弱気《よわき》になっていくのを感じる。

私は、どうしたらいいんだろう……。

そろそろ碧空くんにちゃんと返事をしなきゃって思うけど、やっぱり自分はずるいのかな、勝手なのかな、という思いが頭のなかをぐるぐるとめぐって悩んでばかりで。

結局、私は自信がないんだ。

碧空くんのことが好きだって思うのに、昔の苦い記憶にとらわれてばかりで、前に進むのをおそれてる。

どうしてこんなに臆病なんだろう。

自販機のコーナーに着くと、小銭《こぜに》を入れ、紙パックのミルクココアのボタンを押す。

中からお釣りとココアを取りだすと、それはしっかり冷えていて、冷たかった。

ココアを片手に持ちながら、小銭をしまうために財布を開ける。

その時ぽろっと手から小銭がこぼれ落ちてしまって。

「あっ……」

相変わらずぬけている私。すぐにものを落としてしまう。

あわてて拾おうとしてその場にしゃがんだら、私が手を伸ばすよりも先に、別の人物がそれを拾ってくれた。

「はい、どうぞ」

「あ、ありがとうございます！」

小銭を受けとると同時に顔をあげる。

だけどそこで相手の顔を見た瞬間に、私は思わずビクッと震えあがった。

ウソッ、美希ちゃん……。

美希ちゃんは私と目があうなり、ニヤッと不敵な笑みを浮かべる。

「ウワサ、広まっちゃったみたいだね〜。ごめんね」

「えっ……」

それを聞いて、すぐに確信した。

やっぱり、あのウワサは美希ちゃんがみんなに言いふらしたものだったんだ。

もしかして、わざといろんな人に話したのかな？

「私的には、今までふたりが隠してたことのほうが意味不明だけどね。碧空も言いたくなかったのかな。柏木さんが元カノだなんて」

「……っ」

明らかにバカにするようなそのセリフに、唇をかみしめる私。

だけど、美希ちゃんがこわくてなにも言えない。

だまりこくる私を見て、彼女の目つきが急にするどくなり、少し距離をつめてくる。

そのなんともいえない威圧感《いあっかん》は、いつかの碓井さんたちにつめよられた時に似ていて、思わずゾッとした。

心臓がドクドクと嫌な音をたてはじめる。

「言っとくけど、もし碧空のことまた傷つけるようなことしたら、私が許さないから。正直、碧空は柏木さんとつきあっても苦労するだけだと思うよ」

「……えっ」

苦労する？

「絶対うまくいくわけないよ。だって、柏木さんのせいで一回ダメになってるんでしょ？」

「そ、それは……」

たしかにそのとおりだ。

碧空くんと別れることになったのは、全部私のせいだ。

「ほら、そうやっていつも自信なげにビクビクしててさ、しゃべんないからなにを考えてるのかぜんぜんわかんないし。そんなのじゃ碧空も気をつかって大変だよ」

「……っ」

「柏木さんは、自分が碧空のこと幸せにできると思ってるの？」

「え？」

私が、碧空くんを、幸せに？

「碧空のこと幸せにする自信がないなら、ヨリもどすとかやめてよね。碧空がかわいそうだから。それと、もう二度と思わせぶりなこともしないで」

美希ちゃんのするどい視線が突きささる。

「これ以上、碧空のこと振りまわさないでよね」

またしても吐きすてるようにそう告げると、スタスタとその場を去っていく彼女。

私はやっぱりなにも言い返すことができなかった。

胸の奥がズキズキと痛い。苦しい。

美希ちゃんの言葉が、頭のなかで何度もリピートされる。

『碧空は柏木さんとつきあっても苦労するだけだと思うよ』

……そうなのかな？

でも、思い返してみれば中学の時だって、私は彼に気をつかわせて、迷惑をかけてばかりだった気がする。

いつもまわりにおびえてビクビクしてた私。

そのせいで、いつからか笑顔でいることもできなくなっていた私。

一緒にいて楽しいのかなって、こんな私でいいのかなって、彼のことを思うといつも心苦しかったんだ。

『自分が碧空のこと幸せにできると思ってるの？』

私は碧空くんのことを幸せに……できるのかな？

正直、そう言われると自信がないよ。

結局私はまた碧空くんとつきあったとしても、同じようなことを繰り返してしまうのかもしれない。そう思えてきて、ますます不安になる。

どうしよう……。

やっぱり私、あの告白にはＯＫするべきじゃないのかな。

五時間目の終わりに、廊下でバッタリと碧空くんに会った。

彼は教室移動の途中だったらしく、手には教科書と筆記用具を持っている。

私の姿を見つけると、目を細めて笑いながら声をかけてくれた。

「あっ、蛍」

「碧空くん」

彼の笑顔を見ると心が和《なご》む。やっぱり、好きだなって思う。

だけど、同時に少し胸が苦しくなるんだ。彼はこんなにやさしいのにって……。

「今から教室移動？」

「うん、化学だよ」

「そっか。がんばってね」

私がそう言って手を振ると、碧空くんはふと思いついたように。

「あ、そうだ！　俺、今日部活なくなったんだけど、一緒に帰れる？」

放課後また一緒に帰ろうとさそってくれた。

うれしくて、胸がときめく。

でもそんな時ふいに彼の背後から、するどい視線を感じて。

ハッとして見てみたら、そこには腕を組んでこちらをにらむ美希ちゃんの姿があった。

ドクンと心臓が跳ねる。

「あ、えーと……」

どうしよう。

まるで見張られているかのようで、体がこわばる。

「ご、ごめんね。今日はちょっと、用事があって……」

そして、美希ちゃんの視線に怖気《おじけ》づいた私はなぜか、とっさにそのさそいをことわってしまった。

なにやってるんだろう。用事なんてないのに。

「そっか、わかった。それじゃまたな」

碧空くんは気にせず笑ってくれたけれど、私は自己嫌悪でいっぱいになった。

今の、絶対不自然だったよね。バカだよ私。

『思わせぶりなこともしないで』

『碧空のこと振りまわさないでよね』

先ほど美希ちゃんに言われた言葉がまた、頭をよぎる。

彼女の言うとおりなのかもしれない。

今までずっと、碧空くんのやさしさにただ甘えてきたけれど、結局私は彼のことを振りまわしているだけなんだ。

今だって、せっかくさそってくれたのに、美希ちゃんがこわいからってあんな態度を取ってしまった。

どうして堂々とすることができないの。これじゃ昔と変わらないよ。

このままじゃまた、昔みたいに彼のことを傷つけてしまうだけだ。

いつまでも同じことばかりウジウジ悩んで、答えをだすのをためらっていたけど、このままずっと返事を先延《さきの》ばしにしていたら、碧空くんに対して失礼《しつれい》だよね。

いいかげん、はっきりしなきゃ……。

傷つけたくないから

「……話って？」

次の日の放課後、私は空き教室に碧空くんを呼びだした。

あの告白への返事をちゃんとしようと思って。

だってもうずいぶんと待たせてしまっているし、待たせれば待たせるほど、彼のことを振りまわしているみたいで心苦しくて。

いつまでも彼のやさしさに甘えて、曖昧《あいまい》なままにしておくわけにはいかないと思ったんだ。

「あの、この前の返事を、しようと思って……」

思わず声が震える。

正直これを言いだすのはとても勇気がいった。

考えぬいて決めたはずなのに、まだ少し迷いがある。

だけど、もう決めたんだ。

碧空くんは私が切りだすと、一瞬ハッとした顔で固まる。

だけど、すぐにやさしく笑って言った。

「うん。聞かせて」

まっすぐな彼の瞳が私をとらえる。

息を吸いこんで、ゆっくりと話しだす。

「い、いろいろ考えたんだけどね。あの、やっぱり……ごめんなさい」

「えっ……」

「私、碧空くんとは、やり直せないよ」

そう。これが臆病な私がだした答え。

私は結局、もう一度彼とやり直すという決意をすることができなかった。

なぜならつきあったとしても、うまくやっていける自信がなかったから。

なにより昔のようにダメになってしまうのが、こわかった。

いつか終わってしまうかもしれないのなら、あの時みたいに、失ってもっと苦しむくらいなら、最初からつきあわないほうがいいんじゃないかって。

そのほうが、お互いに傷つくこともないんじゃないかって、そんなふうに思ってしまったんだ。

「……そ、そっか。やっぱりもう俺のこと、好きになれない？」

碧空くんの声が震えている。

胸が痛い。苦しい。

だけど、決めた以上はハッキリとことわるのが、せめてもの誠意《せいい》だと思った。

「う、うん」

「まさか、昔のこと気にしてるとかじゃないよな？」

そう言われてドキッとする。

碧空くんにはやっぱりわかっちゃうのかな？

「うん。そうじゃ、ないよ……」

私は目をそらしながらもうなずいた。

碧空くんがそんな私の手を取り、ぎゅっと握る。

「蛍、俺の目ちゃんと見て」

「……っ」

あぁ、どうしよう。

おそるおそる目をあわせる。

すると、碧空くんは瞬《まばた》きもせずに私をまっすぐ見つめ、こう言った。

「どうしても、俺じゃダメ？」

ねぇ、どうしてそんなこと言うの？

そんな目で見つめられたら、決意が揺らぎそうだよ。

泣きそうになるのを必死でこらえる。

だけど、同じことはもう繰り返したくないんだ。

昔みたいに碧空くんのことを振りまわして、傷つけたくないから……。

私は碧空くんの視線から逃げるように、下を向いた。

「うん。ごめんなさいっ」

もう一度ハッキリとそう告げたら、彼は数秒間沈黙して、それからポンポンと私の頭にふれたあと、やさしくなでてくれた。

「……わかった」

思わず涙がこぼれそうになる。

「悩ませて、ごめんな。ありがとう」

やっぱり彼は最後までやさしくて。

そんな彼の気持ちに応えることができないのが、苦しくてたまらなかった。

「そ、そういうことだから。それじゃっ……」

目をあわせないままそう告げると、走って教室を飛びだす。

このままじゃ、泣いているところを彼に見られてしまうと思い、猛《もう》ダッシュで逃げてきてしまった。

涙がどんどんあふれてきて、とまらなくなる。

ねぇ、これでよかったんだよね……？

自分でもなにが正しいのかよくわからなかった。

私の弱虫。いくじなし。

こんな私、碧空くんに好きになってもらう資格なんてないよ。

ごめんね。ごめんなさい。

勢いのまま、まっすぐ廊下を走っていく。

すると、途中で誰かとすれ違って、ふいにひきとめられてしまった。

「おい、柏木!?」

この声は、矢吹くんだ。

どうしてこんなタイミングで彼と会ってしまうんだろう。

矢吹くんは私の腕をつかむと、泣き顔をのぞきこんでくる。

「お前、泣いてんの？　どうしたんだよ」

「だ、だいじょうぶだから……っ」

かまわず彼の手を振りきって行こうとする。

「待てよっ！」

だけど、彼の強い力にはかなわなくて、すぐに腕をまたグイッとひきよせられてしまった。

「は、はなしてっ！」

「はなすかよ！」

「……っ」

彼はそのまま私をギュッと腕の中に閉じこめる。

「ちょっ、矢吹くんっ⁉」

「お前がそんな顔してるのに、ほっとけるわけないだろ」

「……っ。だいじょうぶだから。はなして……っ」

「嫌だ。はなさない」

抵抗しても、逃がしてはもらえなかった。

私はなんだかもうわけがわからなくて、ますます涙がとまらなくなってくる。

「……っぐ」

すると、矢吹くんはそんな私の背中をやさしくなでながら、おだやかな声で言った。

「誰も見てねぇよ。だから、泣きやむまでこうしてれば？」

きっとこれは、彼なりのやさしさなんだろう。

どうして彼は、いつも私のことを気にかけてくれるんだろう。

そんなにやさしくされたら、もっと泣けてきちゃうよ。

「うぅっ……」

抵抗するのをあきらめた私は、そのまま矢吹くんの胸に顔をうずめ、わんわんと泣き続ける。

彼は私が泣きやむまで、ずっとだまってそばにいてくれた。


「……で、落ち着いた？」

廊下のすみっこの階段に、矢吹くんとふたりで座る。

先ほどまでは子どもみたいに泣きじゃくっていた私だけれど、今になって我に返ったら、なんだかものすごく恥ずかしくなってきた。

私はいったいなにをやっているんだろう。矢吹くんにまで迷惑かけて。

「お、落ち着きました。ありがとう」

顔を隠すように下を向きながら答える。

すると、矢吹くんがそんな私を見てクスッと笑った。

「何事かと思ったよ。この世の終わりみたいな顔してるから」

「……っ」

この世の終わりって、私ったらそんなひどい顔をしてたんだ。

「ご、ごめんね」

「いや、べつにいいけど。お前もいろいろ大変そうだしな」

そう言われて、やっぱり彼は心配してくれていたんだなと思う。

「まぁ、くわしいことはよくわかんねーけどさ。柏木は、ひとりで抱《かか》えこみすぎなんじゃねぇの？」

「えっ？」

矢吹くんが私をじっと見つめる。

「ひとりで我慢《がまん》するのもいいけど、もっとまわりを頼れよ。ほら、あの太田とかいう奴もいるし。俺だって、相談くらい聞くから」

まさか彼がそんなやさしいことを言ってくれるとは思わなかったので、おどろくと同時に感激してしまった。

実は、意外と面倒見《めんどうみ》がいい人なのかな。

「あ、ありがとう……っ」

「また女子にいじめられでもしたか」

「えぇっ！　違うよっ」

「じゃあもしかして、アイツとなんかあった？」

「えっ？」

アイツ……？

「あの、柊木とかいう元カレ」

どうして、その名前を。

碧空くんの名前を出されると、さっきのことを思い出して、また涙がにじんできそうになる。

そんな私の様子に気がついたのか、さらにじーっと顔をのぞきこんでくる矢吹くん。

「あぁ～、なるほどな」

うぅ、ダメだ。これじゃ碧空くんとなにかあったってバレバレだよ。すぐ顔にでちゃうんだから。

するとと彼はそこでなにを思ったのか、ふいに私の手をぎゅっと握ってきた。

そしてひとこと。

「じゃあさ、もう俺にしとけば？」

「……へっ？」

「俺なら、お前のこと泣かせないけど」

ビックリして、一瞬なにを言われているのかわからなかった。

矢吹くん、今、〝俺にしとけ〟って言った？

どうして、そんなこと……。

心臓がドキドキしてくる。どうしよう。

「……っ」

おそるおそる彼の目を見つめると、彼は意外にもすごく真剣な表情をしている。

私はそれを見たら、ますますなにも答えることができなかった。

ウソでしょ。本気で言ってるのかな？

「あ、あの……っ、えっと……」

思いがけない彼の発言にどうしていいかわからず、ひどくうろたえる私。

そしたら矢吹くんは握っていた手をパッとはなし、今度はその手でコツンと私の頭を叩いてきた。

「いや、冗談だよ」

「えっ！」

な、なんだ……。ビックリした。

いつものように冗談だと言われて、少しホッとしてしまう。

「動揺しすぎだから」

「うぅっ……」

だって、今のは動揺するよ。本気だったらどうしようかと思った。

矢吹くんはイタズラっぽくクスッと笑ってみせると、その場から立ちあがる。

そして、そのまま私の手をつかんでひっぱりあげた。

「ほら、そろそろ帰るぞ」

「あ、うん」

「もう遅いし、送るから」

「えっ！」

さらには送ってくれるなんて言う。

どこまでも彼は面倒見がいいみたいだ。

「そんな、だいじょうぶだよっ」

「アホ。どっちにしろ駅まで一緒だろうが。そういう遠慮とか、俺は受けつけないから」

「……っ」

そして、結局なぜかそのままの流れで一緒に帰ることに。

だけど、彼と話したおかげで、落ちこんでいた気分が少しだけマシになった気がした。

ありがとう、矢吹くん。

ねぇ私、これでよかったんだよね……？

何度も自分に問いかける。

まさか、後悔してるとか、そんなはずはないよね。

それなのに、このぽっかり穴が開いたような感じはなんなんだろう。

奥のほうでうずく胸の痛みが、いつまでも消えない。
だけど私は、必死でそれを感じないフリをすることにした。

キミの幸せ【side 碧空】

『ごめんなさい』

ハッキリとそう言われた。

蛍の声は震えていて、目も潤んでいた。

どうしてそんな泣きそうな顔してんだよ。

やっぱりもう、遅すぎたのか？

蛍は昔のことを気にしてるわけじゃないって言ってたけど、俺にはやっぱりそれが理由だとしか思えなかった。

あの日、夏休みに告白した時は、俺もこわくてすぐに答えが聞けなかった。

戸惑う蛍を見たら、少し臆病になって。

今すぐここでふられたらさすがに身がもたねぇなと思って、『ゆっくり考えてみて』と言って返事は保留《ほりゅう》にしてもらった。

だけど、あの時すぐに返事を聞いておけばよかったのかもしれないと今は思う。

こんなふうに俺たちの過去が学校中のウワサになる前だったら、彼女の答えは違ったのかもしれない。

なんて、ふられた俺の言いわけなのかな……。

もう二度と、蛍は俺に振り向いてくれることはないんだろうか。

もう俺は、彼女のそばにいることはできないんだろうか。

ずっとずっと、追いかけてきた。想い続けてきた。

だけどもうこれで、おしまいなのか？

ガックリと肩を落としたまま、いつもどおり部活へ向かう。

遅刻だし、顧問《こもん》にはきっと怒られるだろう。

どんな顔していけばいい？

いつものように孝太に冗談を言われても、先輩にイジられても、今日の俺はたぶんうまく笑えない。

つらくて苦しくて、今にも胸が押しつぶされそうだった。

昇降口をでてまっすぐ歩いていくと、グラウンドにはサッカー部の部員たちの姿があって、もうみんなとっくに集まって練習を始めている様子だ。

とにかく今は部活のことを考えようって、必死で気持ちを切り替えていた、そんな時だった。

目の前に、見覚えのあるうしろ姿を見つけて、ドクンと心臓が音をたてた。

……蛍？

校門に向かって歩く蛍の姿。だけど、彼女はひとりじゃない。

となりを歩いているのは、背の高い細身《ほそみ》の男。

たしかアイツは、矢吹だっけ？　よく蛍と一緒にいる奴だ。

イケメンで、バスケがうまくて、俺から見てもカッコいいなと思ってたけど。

知らなかった。ふたりで一緒に帰ったりしてるんだ。

ますます胸がズキズキと痛む。

さっきまであんなに泣きそうな顔をしていたはずなのに、今、俺の目に映る蛍は楽しそうだ。

矢吹も蛍を見て、微笑みながらなにか話しかけてる。

やっぱり、仲いいんだな……。

すると次の瞬間、矢吹の手が蛍の頭をやさしくなでた。

照れたように笑う蛍。

その姿を見て、ハッとする俺。

なんだよ、蛍の奴、アイツの前であんな顔するんだ。

いや、待てよ。もしかしてだけど、蛍がことわった本当の理由は……。

急に自分のなかで新たな予想が浮かびあがる。

ウソ、だろ……。

じゃあ俺は、ずっと勘違いしてただけなのか。

蛍が昔みたいに笑ってくれるようになって、俺といて楽しそうにしてくれてるのを見て、俺のことをまた好きになってくれるんじゃないかって、そう思ってた。

返事を迷ってたのだって、昔俺をふったことを気にしてるのかなって、俺とつきあったせいで女子たちにいじめられた過去があるから、不安なんだろうなって思ってた。

だけど、再び蛍が俺をふった理由が、実はアイツを好きだからだとしたら……。

俺は、蛍のことをただ振りまわしてただけなのか？

蛍のやさしさを勘違いして、勝手にうぬぼれてただけなのか？

思い返せばいつも、蛍のそばにはアイツがいたような気がする。

もし、蛍が本当に矢吹のことを好きなら、俺がこれ以上蛍にかまうのは、迷惑でしかないよな。

『ごめんなさい』

あれがきっと、蛍の本音《ほんね》なんだ。

じゃあ、俺はもう……。

その夜、俺はひとり自分の部屋のベッドに寝ころがっていた。

スマホを片手に何度も何度も文章を打ち直す。

蛍に送るメッセージをずっと考えていた。

正直、何度ふられたって、蛍への気持ちが消えるわけじゃない。

だけど、ふと思ったんだ。

このまま俺が蛍のことを追い続けたって、それは俺の自己満足でしかなくて。

彼女の本当の幸せを願うなら、俺はもう、近づかないほうがいいんじゃないかって。

もう俺のことは好きになれないって言われたんだ。

蛍がもし、矢吹のことを好きなんだとしたら、悔しいけど俺は、それを見守るしかないんだ。

本当は俺が、蛍を幸せにしたかったけど……。

『たくさん振りまわしてごめんな。

蛍のことはもうあきらめるから。

今までありがとう。

でも、これだけは言わせて。

俺は誰よりも蛍の幸せを願ってる』

悩んだ末、そう書いて送った。

スマホを握りしめたまま目を閉じる。
「……っ」
さすがに泣けてきた。
あきらめるなんて、そんなに簡単にあきらめられるわけねぇよ。
だって俺は、今までどれだけ……。
涙がどんどんこみあげてきて、とまらなくなる。
好きだった。誰よりも。
ずっとずっと想い続けてきた。
だけどもう、追いかけたらダメなんだ。
蛍の心はもう、俺のものじゃない……。

正直な気持ち

碧空くんに返事をした日の夜、彼からメッセージが届いた。
『俺は誰よりも蛍の幸せを願ってる』
その言葉を見て、私は思わず泣いてしまった。
最後まですごくやさしい彼。いつも私の気持ちを考えてくれるんだ。
本当に、ごめんね。
傷つけたくないなんて言って、結局私は彼をまた傷つけてしまっただけだったのかな。
これでよかったんだって、そう思ってた。そう思いこもうとした。
だけど、彼からのメッセージに、私は少なからずショックを受けていた。
『蛍のことはもうあきらめるから』
そこにはハッキリと、そう書いてあった。
自分でふったんだ。当たり前だよ。
だけど、なんでこんなに苦しいの……。

私はどこまで勝手なんだろう。

碧空くんが急に遠くへ行ってしまったように感じる。

仕方ないってわかってるのに、それをどこかさみしいと感じている自分がいて、そんな自分が嫌でたまらなかった。

それからというもの、碧空くんはパッタリとうちの教室に来なくなった。

もちろん、朝に迎えにだって来ない。廊下ですれ違っても話しかけられることもない。

あれだけよく目があっていたのに、それもなくなって。まるで急に赤の他人になってしまったかのようだった。

数日前まで毎日のように話していたのがウソみたい。

「碧空くん、来ないね？」

加奈子ちゃんも不思議に思ったのか、そんなふうに声をかけてくる。

「そ、そうだね」

「なにかあった？」

だけど、聞かれても私はやっぱり話すことができなかった。

「ううん、なにも……」

碧空くんに告白されたことも、それをことわったことも、誰にも言えない。

矢吹くんに『もっとまわりを頼れよ』なんて言われたばかりなのに、やっぱり私は頼ることができなかった。

ただ自分のなかにつらい気持ちを押しこめて、必死で消化しようともがくばかりで。

おかしいな。どうして……？

中学時代、碧空くんに別れを告げたあの時よりも、今回はもっとつらいような気がする。

その日は水曜日で、放課後の図書室は利用者があまりいなくてガランとしていた。

することがあまりなくて、ただカウンターに座ってボーっとしていると、またどんどん気持ちが落ちこんでくる。

時々わからなくなるんだ。自分の判断はこれで正しかったのかって。

そんなこと、今さら考えたところで遅いけれど、あの日碧空くんに返事をした時から、私の心はぽっかりと穴が開いたままで。

ふとした瞬間にいろんな出来事を思い出しては、切なくなったりしていた。

バカだなぁ。ないものねだりだよね。

自分から突き放したくせに……。

いざ彼との関わりがなくなったら恋しいと言うなんて、そんなの勝手すぎるよ。

閉館時間になると、鍵を閉めて図書室をあとにする。

今日はまたリクエストカードの集計の日だったので、たくさんのカードを手に抱えたまま職員室へと向かった。

窓の外を見ると、少しうす暗い。

秋になって、まただんだんと日が短くなってきたような気がする。

そんなことを考えていたら、ふいにどこからかヒュウッと風が吹きこんできて、手に持っていたリクエストカードが何枚か飛ばされてしまった。

「あっ」

あわててその場にしゃがんで拾いあつめる。

もう、またやっちゃった。どうしてこうなるの。

すると、目の前に誰かがフッとあらわれて、その紙を拾ってくれて。私はハッとして顔をあげた。

なんかこういうの、前にもあったような……。

「はい、これ。落ちたよ」

「あ、どうも……」

だけど、よく見たらその人はまったく知らない人で。

ガッカリしてしまった私は、いったいなんなんだろう。

もしかしたらまた、碧空くんが拾ってくれたんじゃないかって一瞬期待してしまった。

バカだ。本当にバカ……。

碧空くんがここにいるわけないのに。

職員室に鍵とカードを置いたあとは、誰もいない下駄箱で靴を履きかえ、ひとりで帰った。

なんだか水曜日にひとりで帰るのは久しぶりな気がする。

最近はいつも碧空くんが下駄箱で待っていてくれて、ふたりで一緒に帰っていたから。

それを思い出したら、また切なくなってきてしまった。

今さらのようにたくさん浮かんでくる、やさしかった彼の思い出。

高校でまた一緒になって、再び仲良くなれて、思えば楽しいことがたくさんあったな。

碧空くんはあの頃とぜんぜん変わっていなくて、そのままで。

こんな私のことを『今でも好きだ』って言ってくれた。

ずっとずっと、想っていてくれたんだ……。

なのに、ごめんね。

滲《にじ》んでくる涙。やっぱり胸が苦しい。

だけどもう、遅いよ。

うす暗い外の空気は少しひんやりとしていて、ひとりの帰り道がいつも以上に心細く感じた。


「なんか蛍、最近元気ないよねぇ」

体育の時間、バレーの試合の合間にすみっこで見学していたら、加奈子ちゃんが私の顔をのぞきこんで聞いてきた。

「えっ。そ、そうかな？」

ここ最近私の元気がないことは、彼女には完全にバレてしまっている。

自分ではいつもどおりふるまっているつもりなのに、ぜんぜんできていないみたい。

「だいじょうぶー？　また痩せた気がするけど、ちゃんとごはん食べてる？」

「だいじょうぶだよ！　食べてるよっ！」

「ならいいけど～」

だけど、やさしい加奈子ちゃんはムリに理由を聞いてきたりはしないんだ。

本当に今は加奈子ちゃんの存在だけが心の支え。

彼女がそばにいてくれるだけ、私はまだ幸せだと思う。

「あっ、今からまたバスケの試合が始まるよ！　エースの矢吹くんがでるから見なくっちゃ！」

「えっ」

その時ちょうど男子の試合が始まるところだったらしく、加奈子ちゃんは急に私の腕をつかむと、グイグイひっぱりながら男子のコートへと連れていった。

「蛍も見たいでしょ？　ねっ？」

なんて、矢吹くんの話になるとテンションがあがるところも相変わらずで。

「あ、うん……」

矢吹くんたち三組Aチームの対戦相手は、一組のAチーム。

そしてそれは、また碧空くんたちのチームだった。

「きゃーっ！　またイケメンエース同士の対決じゃん！」

加奈子ちゃんは大いに盛りあがっているけれど、私はなんとも言えない気持ちになる。

こうやって碧空くんの試合姿を見るのも、今はつらいなぁ……。

ふと碧空くんのいるほうにチラッと目をやると、彼はクラスの友達と笑顔で話している。

その姿は普通に元気そうだ。

こうやっていつまでも落ちこんでいるのは、私だけなのかもしれないとも思った。

「碧空、がんばれっ！」

彼のとなりには、ポンと肩を叩きながらエールを送る美希ちゃんの姿も見える。

そういえば、私が碧空くんと関わらなくなってからは、彼女もなにも言ってこなくなった。

まわりにジロジロ見られることもだいぶ減ったんだ。

思えばもとはこんな感じで、私は遠くで彼を見ているだけだったんだっけ。

そうだよ。ただもとの生活にもどっただけ。それだけのこと。

なのに、心にぽっかりと開いた穴はいつまでも埋《う》められなくて。

ふとした瞬間に、後悔のような気持ちが浮かんでくるのだった。

そのあと、笛の音とともにバスケの試合が始まって、今回もまた両者ともゆずらぬ戦いといった感じで終始《しゅうし》大盛りあがりだった。

矢吹くんは相変わらずすごく上手だし、碧空くんも現役バスケ部員顔負けの大活躍。

その姿はキラキラしていて本当にカッコよくて、見ていて胸が熱くなった。

だけど、同時に切なくなる。

目の前にいるはずの碧空くんが、どこか遠い人のように思えて……。

もう今までのように、身近には感じられないんだ。

結果、今回は碧空くん率いる一組チームが勝利して、負けた三組男子たちはとても悔しそうにしていた。

友達とハイタッチしてよろこんでいる碧空くんを見て、よかったなぁなんて思う。

そろそろ私も試合にでるため自分たちのコートへともどらなくちゃ。

となりを見たら、加奈子ちゃんはいつの間にか姿を消している。

私がボーっと碧空くんのことを見ている間に先に行っちゃったんだ。

私は急いで彼女を追うように走りだした。

ヤバい、試合始まっちゃうかな?

するとその時、どこからかバスケットボールが一個コロコロところがってきて。

とっさによけようとした私は、うっかりバランスを崩し、足をツルッと滑らせてしまった。

「ひゃっ！」

そのままドシンと床に尻餅《しりもち》をつく。

ウソッ。やだ私、なにやってるの。恥ずかしい……。

そしたらそこに、偶然にも碧空くんと友達が通りかかって、私に気がついた彼と、一瞬目があった。

わあぁ、どうしよう！　見られちゃった。

でも次の瞬間、彼はプイッと顔を横にそむけて。
……えっ。
まるで私のことを知らんぷりでもするかのような素振《そぶ》りを見たら、体が凍りついた。
あれ？　今私、碧空くんと目があったよね？
なのに、どうして……。
しめつけられるような胸の痛みに襲われて、立てなくなる。
それと同時に、ハッキリと悟った。
あぁ、そっか。彼の視界に私はもう、映らないんだ……。
涙がじわじわと滲んでくる。
苦しい。つらい。
全部、自分のせいなのに。
すると、そんな私のもとに誰かが駆けよってきて、やさしく手を差しのべてくれた。
「おい、だいじょうぶか？」
矢吹くんだ。
彼は放心状態の私の手を握ってひっぱりあげ、顔をのぞきこんでくる。
「どうした？　体調でも悪いのかよ……って、え？」
泣いている私を見てハッとする彼。だけどもう、今さらごまかすこともできない。

「まさかお前、また泣いてんの？」

「……っ」

そしたらそこに助け舟をだすかのように、加奈子ちゃんまであらわれた。

「蛍！　どうしたの？」

彼女も私の泣き顔を見るなりおどろいている。

「えっ！　ちょっと矢吹くん！　なに泣かせてんの⁉」

「は⁉　俺はなんもしてねーよ！」

「うっそだぁ！　じゃあなんなのよ？」

「わかんねーよ！　見たらいきなり泣いてたんだよ！」

押し問答を繰り広げるふたりの横で、顔を押さえうつむく私。

人前だってわかってるのに、我慢ができなかった。

涙があふれてきてとまらなかった。

あぁ私、ダメだ。どうしてこんな気持ちになるの。

自分から彼を突き放したのに。これでよかったと思ってたはずなのに。

碧空くんとのつながりがなくなって、こうして相手にされなくなって、今頃やっと気がついた。

……やっぱり私、碧空くんが好きだよ。どうしようもないほどに。

結局彼のことばっかり考えてる。

あの時ことわったことを、ずっと後悔してるんだ。

今さら遅すぎるのに。もうどうにもならないのに。

苦しい……。

ねぇ、どうしたらいいの？


その日の放課後、帰り支度をしていたら加奈子ちゃんが私の机までやってきた。

「蛍、今日よかったらクレープ食べて帰らない？」

今日はまた駅前のクレープ屋さんのサービスデーみたい。

ちょうど委員会の仕事もないので、よろこんでさそいにのった。

「うん、行くっ」

体育の時間には情緒《じょうちょ》不安定なところを見られてしまったけれど、加奈子ちゃんはとくにくわしい理由を聞いてきたりはしなかった。

クレープを食べにさそってくれるなんて、さりげなく励まそうとしてくれたのかもしれない。

本当にやさしい彼女。私は助けてもらってばかり。

もうこれ以上心配はかけたくないし、甘いものでも食べて気を取り直そうと思った。

駅に着くとクレープ屋さんは案の定混んでいて、少し並ばないと中に入れなかった。

この店は持ち帰りもできるけれど、カフェになっているので、店内で飲食もできる。

二十分ほど外で待って、ようやく席が空いたので、中に案内してもらった。

それぞれ好きなクレープとドリンクを注文する。

出来立てのクレープは、生地《きじ》がホカホカで甘くてとてもおいしかった。

ふたりでクレープをかじりながら他愛ない話をする。

「ところで、蛍」

すると、半分ほど食べ終えたところで、加奈子ちゃんが急に話題を変えた。

「最近ずっと元気なかったけど、なにか悩んでない？」

聞かれてドキッとする。

やっぱり加奈子ちゃんは、私のことを気にしてくれていたんだ。

でも、なんて答えよう。

「えっと……」

「あの、これは私の勘《かん》なんだけどさ、もしかして、碧空くんが最近うちの教室に来なくなったことと関係あったりする？」

そう問いかけられて、やっぱり彼女には全部お見通しだったんだと思った。

「そ、それは……っ」

「べつに、言いたくないならムリに言わなくてもいいんだけどね。ほら、今日蛍泣いてたからさ、私も気になって。泣くほど悩んでるんだったら、相談にのるよ?」

彼女のやさしい言葉に思わず涙がでてきそうになる。

同時に、矢吹くんにこの前言われたことをまた思い出した。

『もっとまわりを頼れよ』

そのとおりなのかもしれない。

私には、今までちゃんと〝友達〟と呼べるような仲のいい友人がひとりもいなかった。

だから悩みを誰かに相談する勇気なんてなかったし、人に甘えることができなかった。

自分をさらけだすのがこわかった。

いつだって、嫌われたらどうしよう、友達がはなれていったらどうしようっておびえていたんだ。

でも、ある意味それで自分から壁をつくっていたのかもしれない。

加奈子ちゃんはいつだって、私に全力でぶつかってきてくれた。

口下手で人見知りな私のことをやさしく受けいれてくれた。

今だって、ひとりで抱《かか》えこもうとする私の力になろうとしてくれているんだ。

いつまでも、自分の殻《から》に閉じこもってばかりじゃいけないよね。そうしないと堂々めぐりを繰り返すだけ。

加奈子ちゃんには隠しごとはなしで、なんでも話したい。

この際思いきって、全部打ちあけてしまおうか。

「あ、あのね、実は……」

そして私は、彼女に今までのいきさつを全部話すことにした。

中二の時、碧空くんに告白されてつきあったこと。

そのことがきっかけで女子から嫌がらせを受けたり、ムシされるようになったこと。

たえられなくなった私は、碧空くんをふってしまったこと。

それをどこかでずっと後悔していたこと。

高校で碧空くんと再会して、また仲良くなって、彼のことをまだ好きな自分に気がついたこと。

今年の夏休みに二回目の告白をされたこと。

だけど結局、自信がなくてことわってしまったこと——。

加奈子ちゃんは私の話を、ただうなずきながらだまって聞いてくれた。

「……こわかったの。急にウワサになってみんなにジロジロ見られたり、いろいろ言われたりして。やっぱり自分はずるいのかなとか、昔みたいになったらどうしようとか、そんなことばっかり考えて……。同じことを繰り返しちゃうような気がしてた。碧空くんのことをまた傷つけてしまうだけなんじゃないかって思って」

　話しながら、だんだん目に涙があふれてくる。

「でも結局、今になって後悔してるの。今日もね、体育の時碧空くんと目があったけど、そらされちゃって。自分で突き放したくせに、ものすごくショックだった。やっぱり私、碧空くんのことが好きなんだって、今さらのように気がついて。そしたら、涙がとまらなくてっ……」

「そっか。そういうことだったんだ」

「うん。最低だよね。自分でふったくせに……」

　ポロポロと涙をこぼしながら語る私を、加奈子ちゃんがじっと見つめる。

「蛍も、いろいろあったんだね。つらかったね」

「うぅ……」

「気持ちはよくわかるよ。そういう経験をしたら、臆病になるのもムリはない気がするし。でも、今からでも遅くはないんじゃない？」

「えっ？」

　……遅くはない？

「私は、蛍がやっぱり碧空くんのことが好きだって気づいたなら、それを伝えるべきだと思うな。気持ち伝えなきゃ絶対に後悔するから」

「で、でもっ、私……」

今さらどんな顔して伝えれば。

「べつにずるくたっていいじゃん。今さらムシがよすぎるとか思われたってさ。正しいとか正しくないとかそんなことはどうでもいいし、まわりの目なんか気にしなくていいんだよ」

「……っ。そう、なのかな？」

「そうだよ。どんなに完璧《かんぺき》に見える人だってね、全員に好かれることなんてできないし、文句言う人はいるんだよ。そんな人たちには言わせておけばいいよ。それより自分の気持ちにウソをつくのが一番よくないし、後悔するんだから」

加奈子ちゃんはそう言うと、私の手に自分の手を重ねる。

「それに私は、なにがあっても蛍の味方だよ。だいじょうぶ。蛍に文句を言う奴がいたら、私が一緒に戦ってあげる！」

その言葉は、なによりも私に勇気をくれた。

「加奈子ちゃん……」

うれしくて、また涙があふれてくる。

そっか、私はもうひとりじゃないんだ。あの頃とは違うんだ。

今の私にはちゃんと、味方になってくれる友達がいる。

自分の恋を応援してくれる人がいるんだ。

そう思ったら、もうなにもこわくないような気がしてきた。

「だから、がんばれ！」

「……うん。そうだよね。がんばる！」

深くうなずいてみせる。

「よし、その調子！　蛍が正直に話してくれて、うれしかったよ。またいつでも相談にのるからね！」

笑顔でそう言ってくれる彼女を見て、本当に話してよかったなぁと思う。

いざ勇気をだして打ちあけてみたら、自分の抱えていた悩みが違ったもののようにも思えた。

不思議。こんなに心が軽くなるものなんだ。

「ありがとうっ。加奈子ちゃんがいてくれてよかった……」

私が真っ赤な目をこすりながらそう口にすると、加奈子ちゃんは「ふふふ」と笑いながら急にスマホを取りだし、ホーム画面を確認してみせる。

「よしっ。そうとなったら今すぐ行こう！」

「えっ？」

「そろそろ碧空くんの部活が終わる時間じゃない？」

つまり、善は急げ、ということらしい。

私は一瞬戸惑ったけれど、今ならちゃんと自分の気持ちを言えるような気がした。

「わ、わかった。行ってくる！」

加奈子ちゃんに見送られるままクレープ屋を飛びだして、学校まで走りだす。

なんだかとてもすがすがしい気持ちだった。

私はずっと逃げてばかりだった。

傷つくのがこわくて、自信がないからまわりの目を気にしてばかりで。

過去の記憶にとらわれるがあまり、せっかくの彼の想いを受けとることができなかった。

だけどもう、自分の気持ちから目をそらしたくない。逃げたくない。

碧空くんのことをたくさん振りまわして傷つけてしまった。

そんな私が今さら「好きだ」なんて言ったって、もう遅いかもしれない。

それでもいい。伝えたい。

後悔しないように、今度こそ、正直な自分の気持ちを――。

もう一度、キミのとなりで。

走って学校までたどり着くと、サッカー部の部員たちは、ちょうど部活が終わってみんな片づけをしているところだった。

グラウンドの前に立って碧空くんの姿を探す。

一瞬、美希ちゃんがいたらどうしようなんて思ったけれど、そんなことは気にしていられなかった。

今さらもう引き返せない。

だけど、どんなに探してもそこに碧空くんの姿は見当たらなくて。

もしかしたらもう部室に着替えにいっているのかもしれない、そう思った時だった。

「あれー？　柏木さんじゃね？」

近くでグラウンドの整備《せいび》をしていた孝太くんが私の姿を見つけ、声をかけてきた。

「どうしたの？　もしかして、碧空探してる？」

聞かれてドキッとしながらも、うなずく私。

「……はぁ、はぁっ」

「えっと……あ、うん」

そしたら孝太くんの顔が少し困ったような顔に変わった。

「マジか。碧空ならたぶん今、美希と保健室にいるはずだよ。実はさっきの試合で先輩とぶつかって、額《ひたい》から流血《りゅうけつ》しちゃってさ。今からミーティングあるのに」

「えっ！」

なにそれ、流血⁉ しかも額から……。

「ウソッ、だいじょうぶなの⁉」

「まぁ、そんなたいした怪我ではないと思うんだけどね。もし用があるならここで待ってるか、保健室に行ってみたほうがいいかも」

そう言われたら、もう迷ってるヒマなんてなくて、私はすぐに保健室へと向かうことにした。

「わ、わかった。どうもありがとう！」

孝太くんにお礼を告げ、校舎へと向かって走る。

だいじょうぶかな、碧空くん。美希ちゃんも一緒にいるみたいだけど……。

それより今は怪我が心配だよ。

昇降口で上履きに履きかえて、一階にある保健室へ。

ドアの前まで来ると、中には明かりがついていた。

息を切らしながら、ガラッと勢いよくドアを開ける。

すると、ちょうど手前のイスには練習着姿の碧空くんが座っていて、向かいに立つ美希ちゃんが彼の手当てをしているところだった。

「碧空くんっ‼」

思わず彼の名前を呼ぶ私。

「……えっ。蛍⁉」

「柏木さん？」

私の姿を見るなりギョッとするふたり。

「け、怪我は、だいじょうぶ⁉」

私が尋ねると、彼は額にはられた大きな絆創膏を手でなでながら答えた。

「あ、あぁ。ちょっとぶつけただけでたいしたことないから、だいじょうぶだよ。でも蛍、どうしてここに……」

碧空くんはすごく戸惑った表情をしている。美希ちゃんも顔がひきつっている。

それを見て少し不安をおぼえたけれど、私はもう逃げたくなかった。

「あ、あのね……。碧空くんに、伝えたいことがあって来たの」

しっかりと彼の目を見ながら告げる。

そしたら彼のとなりにいた美希ちゃんが、ムッとした顔で口をはさんできた。

「ちょっと、なによ急に！　碧空は今、怪我しててそれどころじゃないんだけどっ！　見てわからない？」

明らかに腹を立てている様子の彼女。

それもそのはず。一度は怖気づいて逃げたはずの私が、こんなふうに碧空くんのもとへやってきたら、今さらなにしにきたのって思うよね。

だけど、私はもう決めたんだ。今度こそちゃんと自分の気持ちを伝えるんだって。

手遅れでもいい。わかってもらうだけでいい。

後悔だけはしないように。

「ご、ごめんなさいっ。でも、み、美希ちゃんにも、聞いてほしいの……」

震える声でそう告げたら、美希ちゃんは目を丸くした。

「え、私も？」

「……うん。私、ずっと、自信がなくて、自分の気持ちをちゃんと言えなくて。逃げてばっかりだったから。だけどやっぱり、ちゃんと伝えたくて……」

心臓がありえないほどドキドキして、足までブルブルと震えてくる。

「本当はね、私……っ」

だけどもう、ここまで来たら言わなくちゃ。

もう逃げちゃダメ。

「碧空くんのことが、好きなのっ！」

思いきって口にした瞬間、シーンと静まり返った。

同時に目から涙があふれだして、ポロポロとこぼれ落ちてくる。

「好き……っ。ずっと、好きだったの……」

碧空くんの目をまっすぐ見つめ、もう一度はっきりと伝える。

そしたら彼は目を見開いたまま、固まったかのように動かなくなった。

美希ちゃんも口を開けたまま固まっている。

「い、今さらだってわかってる。でも、ダメなの。結局私、碧空くんのことばっかり考えてるの……。ずっと、後悔してた」

そう。あの日からずっと苦しくてたまらなかったんだ。

「たくさん振りまわして、ごめんなさいっ。私、碧空くんの気持ちを聞いた時、本当はすごくうれしかったのに……自信がないから自分の気持ちにウソついて、逃げちゃったの。みんなの目ばかり気にして、このままじゃまた碧空くんの前で笑えなくなってしまうんじゃないかって、昔みたいになったらどうしようって、おびえてた。いつかまたダメになるかもしれないと思ったら、こわかったの……っ」

こぼれ落ちる涙を手でぬぐいながら、もう一度ゆっくりと息を吸いこむ。

「でも、もうみんなになんて言われてもいい。どう思われてもかまわない。今度は私が片想いからやり直すからっ」

だから、お願い……。

「どうか、碧空くんのことを好きでいさせてくださいっ！」

あぁ、やっと言えた。

そのまま深々《ふかぶか》と頭を下げる私。

伝えられて心の底からホッとして、スッキリした気持ちになる。

今さらかもしれないけど、これでもう悔いはない、そう思った。

碧空くんはなにも言わない。美希ちゃんもだまっている。

しばらくその場に沈黙が流れる。

やっぱりもう、遅いよね……。

だけどふいに、彼がイスから立ちあがって。

「誰が、片想いだって？」

その言葉にドキッとして顔をあげたら、次の瞬間彼の両腕が、私の体をぎゅっと包みこんだ。

耳もとで、碧空くんのかすれた声が響く。

「っ、好きだよ……。俺だって、蛍が好きだ」

「えっ」

「あきらめるなんて、ウソに決まってるだろ」

「……っ」

信じられなかった。

ウソみたい。どうしよう。

絶対もう遅いと思ってたのに。

「碧空くんっ……」

うれしさのあまり、再び目に涙があふれてくる。

ねぇこれは、夢じゃないよね？

「……はぁ」

するとそこで、立ったままその様子を見ていた美希ちゃんが、大きくため息をついた。

「なにそれ。あんたたち、バカなの？」

その言葉にハッとして、ふたり同時に体をはなすと、彼女はあきれた顔でこちらを見ている。

あぁ、どうしよう。

私、美希ちゃんにも碧空くんへの自分の気持ちを言わなきゃと思ったのはいいけど、だからってなんでもかんでもしゃべりすぎだよね。

こんな目の前で告白みたいなことして、なにやってるの。

「あ、ごめんねっ。美希ちゃん。あの……っ」

だけど彼女は私たちのそばまで歩み寄ってくると、腕を組んでひとこと。

「そんなの私、最初からわかってたわよ」

「えっ……」

ウソ。わかってた？

「あんたたち見てたら、お互い好きなのなんて丸わかりだからね！　それなのに、ふたりともウジウジして遠慮ばっかりしちゃってさ、バカじゃん。やっとくっついたかって感じ！　言っとくけど、私の前でここまでやっといて、また別れたりしたら許さないんだからねっ！」

その言葉はまるで、エールのようにも聞こえた。

よく見たら、彼女の目は少し潤んでいる。

「美希……」

碧空くんがそんな彼女をじっと見つめる。

「そうだよな。ごめん。ありがとな」

そしたら美希ちゃんは急に泣きそうな顔になって。

「……っ。碧空のバカバカバカ！　バーカ‼」

勢いよくそう言い放つと、走って保健室から飛びだしていった。

私はそのうしろ姿を見ながら、なんとも言えない気持ちになる。

あぁ、美希ちゃんは今、どんな思いであんなことを言ってくれたんだろうって。

碧空くんのことを好きな彼女の気持ちを考えると、申し訳なくなる。

でも、そのぶん彼女のやさしさがすごくうれしくて、胸に染みた。

「ご、ごめんねっ。私ったら、美希ちゃんの前で、あんな……」

私が下を向きながら反省したように言うと、碧空くんが私の頭をやさしくなでてくれる。

「ううん、だいじょうぶ。美希はさ、ああ見えてすげーやさしいんだよ。キツイこと言ってるようにも聞こえるけどさ」

「うん。そうだよね……」

「でもまさか、蛍がこんなふうに気持ち伝えにきてくれるとは思わなかった。もう今度こそダメかと思ってたのに」

「……っ」

今さっき自分がした行動を思い出して、急に恥ずかしくなってくる。

「う、あの……」

「うれしくて俺、泣きそうなんだけど」

ドキッとして彼の顔を見上げたら、彼の目はたしかにちょっと潤んでいた。

碧空くんは立ったままで私を見下ろしながら、やさしく微笑む。

「でもさ、あきらめるなんて言ったけど、やっぱりムリだったんだよ。蛍のこと好きじゃなくなるなんて、俺にはできなかった」

「碧空くん……」

「だって俺、わざわざ高校まで追いかけてきたのに」

えっ？

「えっ？」

「う、ウソッ！　そうだったの⁉」

「うん、そうだよ」

なにそれ、そんなの初耳《はつみみ》だよ。

じゃあ碧空くんがうちの高校を受けたのは、私と同じ学校に通うためだったの？

どうしよう。そこまでして、私のことを……。

「ただこの間返事をもらった時はさ、蛍にはほかに好きな奴がいると思ってたから。だったらいつまでも追いかけ続けるんじゃなくて、蛍の幸せを願ってあきらめなくちゃって思ったんだよ」

「えっ！　私にほかに好きな人⁉」

ちょっと待って。なんの話？

急に言われてなんのことだかよくわからなくて、戸惑いながら彼の目を見つめ返す。

そしたら碧空くんは困ったように笑いながら、片手で私の頬にそっとふれた。

「でも、ムリだった。あきらめられなかった。やっぱり俺には蛍しかいないから。一度は好きになってもらえたんだから、いつか絶対また好きになってもらえるはずだって、信じてた」

彼の大きな瞳が私をまっすぐとらえる。

「……あきらめなくてよかった」

その言葉を聞いて、また涙がひと粒ぽろっとこぼれ落ちた。

あぁ、碧空くんは本当にずっと、私のことを想い続けてくれていたんだね。

私が何度逃げても、彼はあきらめずにいてくれたんだ。

そう思ったら涙がとまらなくなる。

「碧空くんっ……」

彼の背中に手を回し、ぎゅっと抱きつく。

「私もだよ」

「えっ？」

そう。本当は私だって、同じ。

「私だって、碧空くんのことを忘れたことなんて、なかったよ……」

「マジかよ」

「うん。ずっと、好きだった……。碧空くんが好きだよ。大好きっ……」

嗚咽《おえつ》交じりにそう告げたら、彼もまた力いっぱい抱きしめ返してくれた。

体中が碧空くんの温もりでいっぱいになる。

「俺も、大好きだよ。もう絶対はなさない。どんなことがあっても、今度は一緒にのりこえような」

「うんっ」

「どこにも行くなよ。蛍のそばにいることが、俺の幸せなんだから」

「うん。私も……っ」

もう絶対逃げたりしない。この幸せを手放したくない。

心から強くそう思った。

先のことはわからない。いつか終わりが来るのかもしれない。

それでも私は、永遠を信じたい。

今この一瞬一瞬を、大切にしたい。

いつまでも……。

そのあと、着替えを終えた碧空くんとふたり、手をつないで一緒に帰った。

碧空くんは一度部活のみんなのところへもどったんだけど、ミーティングをサボったため顧問の先生に怒られるだろうと思っていたら、今回は額の怪我に免《めん》じて許してもらえたらしい。

だけど、美希ちゃんは怒っていて口をきいてくれなかったんだとか。

碧空くんは困ったように笑いながら話してくれたけど、さっきの美希ちゃんの泣きそうな顔を思い出したら、なんとも言えない気持ちになった。

「そ、そういえば、さっき私にほかに好きな人がいると思ったって言ってたけど……。あれって誰のこと？」

校門を出たところで、さっきからずっと気になっていたことを碧空くんに聞いてみた。

すると、彼は即答《そくとう》。

「あぁ、それな。あの矢吹って奴だよ」

「えええっ⁉」

なぜかそこで矢吹くんの名前が出てきてビックリする。

正直なぜ碧空くんがそう思ったのかはわからないけれど、とんでもない誤解をされていたみたい。

「ち、違うよっ！　なんで？」

「いやー、蛍アイツと仲いいし、よく一緒にいるからさ、てっきりそれが理由でことわられたんだと思ってたんだよ。この前も仲良く一緒に帰ってるの見たし」

「えっ……」

言われて、碧空くんのことを二回目にふったあの日に、一度だけ矢吹くんと一緒に帰ったことを思い出した。

もしかして、あれを見て誤解したの？

だからあの時、『蛍の幸せを願ってる』なんてメッセージが来たのかな？

「あ、あれはたまたまだよっ！　矢吹くんはただの友達だもん！　ぜんぜんそういうのじゃないからっ」

私が焦った顔で否定すると、ふいに碧空くんが立ちどまる。

そしてこちらを向いて、私の顔をじーっとのぞきこんできた。

「……そっか。じゃあ、俺は？」

「えっ？」

まっすぐ私を見つめる、大きな瞳。

つまりそれは、矢吹くんが友達なら、俺はなに？　ってことかな。

「えっと……そ、碧空くんは……」

言うのが恥ずかしくて、急に緊張してくる。

すると、碧空くんが下を向く私の顎《あご》をひょいとすくいあげ、そのままやさしく唇を重ねてきた。

「……んっ」

不意《ふい》打《う》ちのキスにどきんと心臓が高鳴る。

「彼氏だろ?」

唇がはなれた瞬間、確認するようにイタズラっぽくそう問いかけられて、一気に顔がかぁっと熱くなった。

「うんっ」

そうだ。もう彼氏なんだ。

私また、碧空くんの彼女になれたんだ。

たくさん遠回りしたけれど、また彼のとなりに並べるんだ……。

なんだかまだ実感がわかないよ。

「ヤバい俺。幸せすぎて、夢だったらどうしようって思ってる」

碧空くんがそっと私の髪にふれる。

「わ、私もだよっ」

「夢じゃ、ないよな?」

「うん」

私がうなずいたのを見て、フッと笑う彼。

「じゃあもう一回、たしかめてもいい？」

「えっ……？」

その言葉にドキッとしたのもつかの間、彼の顔がまたゆっくりと近づいてきて、再び唇が重なった。

本当に夢みたい。でも、夢じゃない。

たしかな感触がここにある。

私たちはそのまま、はなれていた時間を埋めるかのように、何度も何度もキスをした。

今度こそ、ずっと一緒にいようね。

変わらない想いを胸に……。

エピローグ

碧空くんと再びつきあいはじめてから、一週間がたった。

私たちの復縁《ふくえん》のウワサは一瞬にして学年中に広まり、またしてもみんなの注目の的《まと》に。

私は今度は〝元カノ〟としてではなく、〝碧空くんの彼女〟として有名になってしまった。

そのため、碧空くんファンの子たちからは白い目で見られるし、イヤミを言われたりもする。

だけど、なるべく気にしないようにしている。

もちろん、気にならないって言ったらウソだけど。碧空くんのためにも堂々としようって決めたから。

もう自信がないからって、この恋から逃げるのは嫌なんだ。

「蛍、準備できた？　行こっ！」

「あ、うんっ。できたよ」

その日、一時間目は教室移動だったので、加奈子ちゃんがさっそく用意をして私の席に声をかけにきてくれた。

ふたりで教室をでて、並んで理科室へと向かう。

そしたらいきなり加奈子ちゃんが私を肘で小突いてきて。

「見たよ〜、ラブラブ登校。今日も朝から手つないでたね」

「……なっ！」

なんと、今朝碧空くんと一緒に登校してきたところを加奈子ちゃんにも見られていたみたい。

なんだか照れくさい。

「えっと……いや、うん。まぁ」

碧空くんとヨリをもどしたことは、加奈子ちゃんにはもちろん一番に報告したし、彼女もそのことをすごくよろこんでくれた。

こんなふうに冷かされるのはちょっと恥ずかしいけど、応援してくれるからうれしい。

なにより気弱だった私の背中を押してくれたのは彼女だから、心から感謝してる。

「ふたりとも幸せオーラ全開《ぜんかい》だもんね。あぁ、うらやましい。私もあんなふうに一途《いちず》に愛されてみたいわ〜」

加奈子ちゃんにニヤニヤしながらそう言われて、顔を赤くする私。

恥ずかしい。そんなに幸せオーラでてたのかな？

「いやーでも、蛍が幸せになれて本当によかったよ。まぁ、誰かさんのことを思うと、ちょっと不憫《ふびん》だけどね」

「えっ？」

意味深なセリフに思わず首をかしげる。

不憫って、誰のこと？

するとそんな時、クスクスとどこからか笑い声が聞こえてきて。

ハッとしてその方向を見ると、近くでおしゃべりしていた別のクラスの女子数名が、私のほうをジロジロ見ていることに気がついた。

ヒソヒソとなにか言っているのが聞こえてくる。

「あれでしょー、碧空くんの彼女」

「自分でふったくせにまたヨリもどしたんでしょ。超勝手だよね」

「どうせすぐ別れるよ」

こういうのはもう、碧空くんとヨリをもどしてからは毎日のことで、なるべく聞き流すことにしている。

やっぱり傷つくし、つらい気持ちにはなるけれど、気にしすぎて弱気になっちゃダメだから。

「うわ、ウザい。なんなのあの子たち。蛍、気にしなくていいからね！」

「う、うん……」

加奈子ちゃんにも聞こえていたみたいで、励ましてくれる。

「あんなの今だけだから。そのうちおとなしくなるよ。ほっとこ」

その言葉を信じて、今はただたえようって思った。

気にしない。気にしない。

そう思って彼女たちの前を、知らん顔で通りすぎる。

「あーもう、コソコソうるさいな！」

……えっ？

だけどその時、どこからか聞きおぼえのある大きな声がして。

誰かと思ってその声がするほうを振り向いてみたら、なんとそこにいたのは、美希ちゃんだった。

「あのさぁ、言いたいことあるなら本人にハッキリ言えば？」

さっきのイヤミを言っていた女の子たちの前に立って、腕を組みながらこわい顔でにらみつけている彼女。

「コソコソそんなイヤミ言うような性格ブスのあんたたちなんか、碧空が好きになるわけないじゃん。そーいうの、マジで見苦《みぐる》しいから！」

「……っ」

言われた女の子たちはビシッと固まると、そのままだまりこむ。

相手が美人で人気者のあの美希ちゃんだからか、なにも言い返せないらしく、そのままシュンとして、おとなしくなってしまった。

私はおどろきと感激のあまり言葉がでてこない。

だって、あの美希ちゃんが、私のことをかばってくれるなんて……。

信じられないよ。

美希ちゃんはそのままふぅっとため息をつくと、今度は私のほうへむかってスタスタと歩いてくる。

そして、目の前まで来ると、立ちどまって私の肩をポンと叩いてきた。

「っていうかさ、柏木さんもあのくらい自分で言い返せるようになってよね」

「えっ、あ……」

「私の前であんな大胆《だいたん》なこと言えるくらいなんだからさ」

その行動にまたおどろいて、固まる私。

まさか、彼女にまた話しかけてもらえるなんて。

美希ちゃんに対してはずっと、申し訳ない気持ちがあったし、気まずいなと思ってたのに。

「う、うん。ごめんなさい。あのっ……」

でも今度こそちゃんと、お礼を言わなくちゃ。

「ありがとうっ、美希ちゃん！」

私がドキドキしながらそう告げたら、美希ちゃんはプイッと顔を横にそむけた。

「いいえ。どういたしまして。言っとくけど、今のはべつにあなたのためじゃないからね。碧空のためだし」

「う、うん」

「言っとくけど、碧空のこと、ちゃんと大事にしなかったら許さないんだからね！」

そう言って私を見下ろす彼女の表情は、ムッとしているようで、どこかやさしく見える。

「……うんっ！　うんっ！　ありがとうっ」

私が何度もうなずいたら、彼女は眉を下げて少しだけフッと笑ってみせた。

そして、くるっと背を向けると、自分の教室のほうへと向かって歩きだす。

「それじゃまたね」

その姿をじっと見送る私。

思わず胸の奥がジーンと熱くなる。

「えーっ、なにあれ！　ちょっと、なにがどうなってんの？　ビックリなんだけど！」

加奈子ちゃんはおどろいたように目を見開いている。

でも私は内心うれしくてたまらなかった。

美希ちゃん、今、笑ってくれたよね。

彼女は私と碧空くんがつきあうことを、認めてくれたってことなのかな？

今だって、まるで応援するようなことを言ってくれたし……。

やっぱり彼女は碧空くんの言うとおり、ほんとはすごくやさしい人なんだなって思う。

美希ちゃんの厚意《こうい》をムダにしないためにも、私、堂々としてなくちゃ。

もっと強くならなくちゃダメだよね。

今度こそ逃げないで、碧空くんのことを大切にしよう。

あらためてそう決意した瞬間だった。

放課後は碧空くんの部活がお休みだったので、一緒に帰る約束をしていた。

帰りの支度を終えて、教室をでようとしたら、ドアの手前で誰かと肩がぶつかる。

「きゃっ、ごめんなさいっ」

あわててすぐに謝ったら、その相手はなんと、矢吹くんだった。

「あ、矢吹くん」

「うわっ。なんだ、バ柏木か」

なんて、久しぶりに聞いたその呼び名。

そういえば、ここ最近あまり矢吹くんとは話をしていなかったような気がする。

碧空くんと私がつきあいはじめてから、なぜか彼から話しかけてくることが減ったんだ。

「なに、今から彼氏と帰るの？」

唐突《とうとつ》にそんなことを聞かれて、ちょっと恥ずかしくなる。

矢吹くんももちろん、私がヨリをもどしたことは知ってるから。

以前、泣いているところを見られて迷惑をかけてしまい申し訳なかったけれど、彼にも励ましてもらったし、すごく感謝してるんだ。

「え、あ……うん」

「へぇ、そっか。仲良くやってんだ。よかったじゃん、うまくいって」

「うん。あ、ありがとう……。えっと、この前はごめんね」

思わずこの前のことを思い出して謝ったら、矢吹くんは鼻でフッと笑う。

「いやーべつに。元気そうでなにより。でもな、言っとくけど、俺もうお前の恋愛相談は聞いてやんないからな。あと、ノロケ話もな」

「えぇっ、ノロケ⁉」

「うん。でも、もしアイツに泣かされたら、その時は言って」

「えっ……」

矢吹くんはそう言うと、一歩こちらへと近づいてきて、私の顔をじっと見下ろす。

「つーか、彼氏に言っといて。泣かしたら俺がもらうぞって」

「へっ⁉」

サラッととんでもないことを言われて、おどろきのあまり声が裏返りそうになる。

なにそれ。ちょっと待って。それ、どういう意味⁉

「えっと、あのっ……」

「じゃあな。お幸せに」

だけど、矢吹くんはそれをいつものように冗談だと否定したりもせず、そのまま背を向けてドアからでていこうとした。

――ドンッ！

そしたら次の瞬間、前をちゃんと見ていなかったのか、閉まっていたドアに思いきり頭をぶつけて、すごい音が鳴る。

「いって～‼」

ウソッ！　なに今の。すごく痛そう。

「だ、だいじょうぶ⁉」

ビックリして声をかけたら、彼はこちらを振り返らないまま答える。

「……っ、だいじょうぶじゃねぇよ。ぜっんぜん、だいじょうぶじゃねぇし‼」

その言葉は、なぜだかとてもヤケクソっぽいというか、悔しそうに聞こえた。

「じゃあなっ！」

そのまま早足でスタスタと去っていく矢吹くん。

ちょっと今のは心配になるな。かなり痛そうだったけど。

というか、さっきのは、冗談だよね？　本気で言ったわけじゃないよね？

「俺がもらうぞ」だなんて……。

彼の本心がすごく気になってしまったけれど、そこはそれ以上深く考えるのはやめておいた。


「蛍っ！」

下駄箱に着くと、碧空くんが先に到着して私のことを待っていてくれた。

そのキラキラのまぶしい笑顔を見ると、一日のつかれも吹っ飛んでしまうような気がする。

「お、おまたせっ」

私が駆けよったら、ポンポンと触ってやさしく頭をなでてくれる彼。

そしてそのままふたり一緒に靴を履きかえ、外にでた。

昇降口をでると、碧空くんがさりげなくぎゅっと手をつないでくれる。

まわりに人がたくさんいるから少し恥ずかしいけれど、こうしてまた当たり前のように手をつなげることが、今はすごくうれしい。

碧空くんはみんなの前でも堂々としていてくれるし、私ももっと胸をはって、碧空くんの彼女だって言えるようになりたいなと思う。

ふと彼のカバンに目をやると、見おぼえのあるストラップがつけられている。

私が中学時代にあげた、ネコのチャームつきのストラップ。

前は学生証の入ったパスケースについていたはずなのに、いつの間にかつけかえたみたい。

「そのストラップ、なつかしい」

「あぁ、これ？　最近つけかえたんだよ」

「昔、私があげたやつだよね。ずっと持っていてくれたの？」

私が問いかけると、笑顔でうなずく彼。

「うん。だって、大事にするって約束したし。お守りみたいにずっと持ってたよ」

その言葉を聞いて思う。

やっぱり、あれはなんとなくつけていたわけじゃなかったんだ。

こんなにボロボロになるまで大事につけていてくれたんだね。

「ありがとう。うれしい」

はにかみながらお礼を言ったら、碧空くんがつないでいた手をぎゅっと握りしめてくる。

そして、立ちどまりまっすぐ私を見つめながらこう言った。

「これからもずっと、大事にするよ。このストラップも。蛍のことも」

「えっ……」

「一生大事にする」

なんて、まるでプロポーズみたいなセリフに、一瞬で顔がポッと赤くなった。

あぁもう、どうしよう。碧空くんってやっぱり言うことがストレートなんだ。

ドキドキしながら自分も彼の手をぎゅっと握り返す。

「わ、私も碧空くんのこと、大事にするからっ！」

そう返したら、碧空くんもまた顔を赤く染めて、照れくさそうに笑った。

そして、もう片方の手で口もとを隠しながらボソッとつぶやく。
「あーもう、ヤバい。どうしよ。すっげー幸せ……」
そんな彼を見ながら、自分もまったく同じことを心のなかで思った。
あぁ、幸せだなって。大好きだなって。
やっぱり私には、碧空くんしかいないって。
つないだこの手をもう二度とはなしたくないって強く思う。
どんな困難《こんなん》も、これからは一緒にのりこえていこうね。
あの恋の続きを、もう一度ふたりで描こう。
ずっとずっと、いつまでもキミのとなりで――。

＊もう一度、キミのとなりで。 Fin.＊

あとがき

こんにちは、青山そららです。

このたびは、『もう一度、キミのとなりで。』をお手に取ってくださって、本当にありがとうございます！

今回初の縦書きということで、編集作業をする時は緊張もありましたが、初めて野いちご文庫から本を出版することができて、本当にうれしく思っています！

この作品は、わけあって別れてしまった元カレとのピュアで切ない恋愛を書こうと思い、今までとは違う雰囲気を目指して書いてみました。

切ない場面や苦しい場面を書く時は何度も苦戦したのですが、更新中からたくさんの読者の皆様に応援していただきました。

それぞれのキャラの気持ちを大切に書いたので、碧空たちの一途な想いが伝わっていたらうれしいです。

とくに碧空の告白シーンはずっと書きたかったところなので、個人的にお気に入りです。

そして今回は、ライバル男子の矢吹のことも力を入れて書き、どちらの男子とのやりとりにも胸キュンしていただけるようにがんばりました。みなさんはどちらの男子がお好みだったでしょうか？

書籍化にあたり、物語の始まりとラストを少し書きかえたのですが、美希や矢吹とのやりとりも含め、書籍のほうがよりハッピーな終わり方になっている気がします。

サイトで読んでくださった方は、その違いも楽しんでいただけたらと思います。

「切甘」を目指して書いた本作ですが、やっぱり私自身は甘々なお話を書くのが大好きなので、甘いシーンもたくさん盛り込んだつもりです。読んでくださった皆様に少しでも〝泣きキュン〟していただけたらうれしく思います！

最後になりましたが、いつも親切に対応してくださる担当の長井様、かわいすぎる表紙イラストや口絵マンガを描いてくださった花芽宮るる様、スターツ出版の皆様ほか、この本に携わってくださったすべての方々に深く感謝を申し上げます。

そして、読んでくださった皆様、本当にありがとうございました！

これからも読者の皆様の心に少しでも響くような作品を書けるようがんばっていきたいと思いますので、どうぞよろしくお願いいたします。

二〇一八年　四月二十五日　青山そらら

この物語はフィクションです。実在の人物、団体等とは一切関係がありません。

青山そらら先生への
ファンレター宛先
〒104-0031 東京都中央区京橋1-3-1 八重洲口大栄ビル7F
スターツ出版（株） 書籍編集部気付 青山そらら先生

もう一度、キミのとなりで。

2018年 4月25日 初版第1刷発行
2020年10月14日 第4刷発行

著　者 青山そらら ©Sorara Aoyama 2018

発行人 菊地修一
イラスト 花芽宮るる
デザイン 齋藤知恵子
DTP 朝日メディアインターナショナル株式会社
編　集 長井泉
編集協力 ミケハラ編集室
発行所 スターツ出版株式会社
〒104-0031
東京都中央区京橋1-3-1 八重洲口大栄ビル7F
出版マーケティンググループ TEL 03-6202-0386
（ご注文等に関するお問い合わせ）
https://starts-pub.jp/

印刷所 共同印刷株式会社
Printed in Japan

ISBN 978-4-8137-0444-7 C0193

恋するキミのそばに。

♥ 野いちご文庫 ♥

それぞれの片想いに涙!!

「ずっと、お前しか見てねーよ」
照れくさそうに笑うキミに、
私はいつからドキドキしてたのかな…？

早く俺を、好きになれ。

miNato《ミナト》・著

本体：600円＋税

イラスト：池田春香

ISBN：978-4-8137-0308-2

高2の咲彩は同じクラスの武富君が好き。彼女がいると知りながらも諦めることができず、切ない片想いをしていた咲彩だけど、ある日、隣の席の虎ちゃんから告白をされて驚く。バスケ部エースの虎ちゃんは、見た目はチャラいけど意外とマジメ。昔から仲のいい友達で、お互いに意識なんてしてないと思っていたから、戸惑いを隠せず、ぎくしゃくするようになってしまって…。

感動の声が、たくさん届いています！

虎ちゃんの何気ない
優しさとか、
恋心にキュン♡ッッ
としました。
(*プチケーキ*さん)

切ないけれど、
それ以上に可愛くて
爽やかなお話し
(かなさん)

一途男子って
すごい大好きです!!
(青竜さん)